El cuerpo eléctrico

Jordi Soler

El cuerpo eléctrico

ALFAGUARA

Penguin
Random House
Grupo Editorial

Primera parte

Me paro a contemplar, desde muy lejos, y encuentro algo profundamente conmovedor en esas grandes masas de hombres que siguen a aquellos que no creen en los hombres.

WALT WHITMAN

Más que encontrarme con la historia de Cristino Lobatón, me tropecé con ella. Acababa de hablar sobre una de mis novelas en un auditorio de la Universidad de Filadelfia cuando Lilian Richardson, la profesora que me había invitado, animada por el dato de que yo había nacido en Veracruz, me llevó a la biblioteca, a la sección de manuscritos, y me enseñó un documento de cuatrocientos doce folios escritos en español con una tupida caligrafía en tinta negra y un título sonoro y misterioso: "El cuerpo eléctrico".

Me dejé llevar por cortesía, porque Lilian había sido muy amable conmigo y era evidente que aquello que quería enseñarme le parecía importante. Este hombre era veracruzano como tú, me dijo, y también era escritor, aunque su prioridad era hacer dinero, volverse rico, matizó con un poco de malicia.

Los folios de "El cuerpo eléctrico" tenían un gramaje propio del siglo XIX y esto hacía que el manuscrito pareciera mucho más grueso de lo que era en realidad. ¿Puedo tocarlo?, pregunté, porque estaba dentro de una caja de plástico y parecía una delicada pieza de museo, de esas que se desintegran al contacto con los dedos. No es tan antiguo, dijo

Lilian sonriendo, no tiene ni ciento cincuenta años. Y no solo puedes tocarlo, también leerlo, añadió. Yo acababa de hablar durante dos horas en un auditorio y lo que me apetecía era salir de la universidad y sentarme en un bar a beberme un par de cervezas, pero, por no decepcionar a mi anfitriona, y también porque algo de curiosidad empezaba a sentir, comencé a pasar las páginas y a leer párrafos aleatoriamente, mientras Lilian me contaba a grandes trazos la historia de Cristino Lobatón, su fructífera relación profesional con una liliputiense mexicana, Lucía Zárate, que se convirtió en la vedet más importante de Estados Unidos a finales del siglo XIX, y de la estrambótica sociedad que formó con P. T. Barnum, el amo del *freak show*. Cinco minutos más tarde la historia de mi paisano que se había convertido en uno de los hombres más ricos de aquel país había logrado interesarme, tanto que le pedí a Lilian que me dejara leer el manuscrito con calma y tomar notas. Te lo pondré más fácil, dijo ella, te doy una copia y te la llevas, y a ver si se te ocurre hacer algo, escribir un artículo, un ensayo largo, no lo sé. Luego me explicó que a la sección de manuscritos, que no era precisamente la más popular de la biblioteca, siempre le iba bien que un escritor se interesara por algún volumen, y sobre todo que escribiera algo porque eso atraía siempre lectores. Y después añadió: no pasa lo mismo cuando el que escribe es un académico, los académicos solo nos leemos entre nosotros. ¿Y cómo fue que llegó aquí este manuscrito?, pregunté. Lilian me explicó que la Universidad de Filadelfia se había inaugurado en

1884, dos años antes de que la liliputiense mexicana fuera noticia en todos los periódicos, y de que Cristino Lobatón, su *manager*, llamara poderosamente la atención del mundo empresarial. Lobatón era uno de los hombres a seguir por todos los que querían hacer fortuna y, consecuentemente, era materia viva para estudiar en la universidad. En esa época Estados Unidos estaba en plena gestación y la riqueza de ciertos individuos se veía como la célula, como la primera piedra del poderío económico que terminaría impulsando al país. En medio del ajetreo que suponía gestionar la carrera meteórica de la liliputiense mexicana y del tiempo que exigía la dirección de una nueva empresa que empezaba a dejarle ganancias estratosféricas, Lobatón encontró un hueco para ir a dar una conferencia a la universidad, de la que se conserva la glosa que hizo el profesor que lo invitó. Conforme mi anfitriona hablaba yo iba sintiendo que un hechizo iba cayendo sobre mí, empezaba a sentirme embrujado por esa historia que Lilian me había puesto enfrente para que me tropezara, para que interrumpiera ese año sabático en el que me había prometido no escribir ni una sola línea de ficción; la escritura de mi última novela me había dejado agotado y quería pasar un tiempo ganándome la vida de otra forma, dando charlas, escribiendo en periódicos, incluso había pensado revivir el viejo proyecto de regresar a mis programas de radio. Pero mientras Lilian me contaba a grandes trazos la increíble aventura de Cristino Lobatón, yo iba viendo cómo mi año sabático se desmoronaba.

El profesor Cosgrove, que fue quien invitó a dar aquella conferencia a Cristino Lobatón, estableció cierta relación epistolar con él, una breve serie de cartas esporádicas cuyo voluminoso punto final era un paquete fechado en Omaha en noviembre de 1890; ahí le cuenta Lobatón a Cosgrove, en un inglés impecable, que como calculaba que su vida a partir de entonces iba a ser a salto de mata, le enviaba, con la carta, el manuscrito de cuatrocientos doce folios, un paquete de fotografías, otro de cartas y documentos varios, y treinta y cinco bitácoras, una suerte de diarios en los que iba anotando cuentas, fechas y acontecimientos importantes, proyectos, notas sobre su quehacer y reflexiones sobre su vida personal. El profesor Cosgrove no leía en español, pero sospechaba que aquella documentación era importante, así que la depositó en la biblioteca. Esa es la historia, me dijo Lilian. ¿Qué te parece?, preguntó divertida, porque mi cara de asombro lo decía todo. ¿Y por qué Cosgrove no hizo traducir los documentos si Lobatón era un empresario tan importante?, pregunté. Lo ignoro, respondió Lilian, de Cosgrove sabemos que dejó la universidad ese mismo año, era un hombre mayor, quizá ya no tenía energía para desentrañar la vida del empresario mexicano, o también puede ser que Lobatón no fuera una prioridad, se trataba de un hombre importante pero había otros, el mismo P. T. Barnum, para no ir más lejos, que también estuvo como invitado en la universidad. Además no podemos soslayar que Lobatón era extranjero y que en esa época de gestación nacional interesaban mucho más los héroes locales, añadió Lilian y después me quitó el manuscrito de las manos y me enseñó el sello que tenía detrás, en la última página, ya un poco borroso pero perfectamente legible: U. S. MAIL. OMAHA.

Esa misma tarde leí con una avidez enfermiza el manuscrito de Cristino Lobatón, era un relato caótico y desordenado que, sin embargo, tenía un inequívoco ímpetu narrativo. No se trataba de la obra de un escritor, como había apuntado Lilian, más bien era una sucesión de anécdotas que alguien con oficio tendría que ponerse a reescribir, una serie de episodios cuyo género era claramente autobiográfico. Era un libro incompleto de memorias que terminaba súbitamente, daba la impresión de que el autor se había aburrido de escribirlas, o quizá lo había desalentado el desorden narrativo, que en ciertas zonas del manuscrito era incontrolable.

Al terminar, hice una investigación en Google, porque de pronto había tenido la impresión de que se trataba de una historia inventada. No solo encontré información, también fotografías de Lucía Zárate, la liliputiense mexicana cuyo éxito arrollador fue el principio de la fortuna de Cristino Lobatón. Dediqué los siguientes días a coleccionar notas de la hemeroteca, algunas de ellas con fotografías, en las que se hablaba de un tren lleno de *freaks,* de la exhibición de criaturas extrañas, de una exitosa gira Europea que hizo la liliputiense y de un montón de episodios sociales, políticos e incluso policiales alrededor de la figura del empresario veracruzano y del emporio que montó vendiendo opio durante más de una década en una ruta que iba de Nueva York a San Francisco. Toda esta información, contrastada con los cuatrocientos doce folios de sus memorias y completada con lo que Lobatón iba anotando en sus bitácoras, me permitió tener un panorama generoso que me envió directamente a mi escritorio, a desmontar mi proyecto de año sabático con una coartada, endeble, pero que en ese momento funcionó: había prometido no escribir ni una sola línea de ficción durante un año, pero esa historia llena de documentos que me había regalado Lilian Richardson no era propiamente una ficción ni tampoco, puesto a calcular la naturaleza del proyecto, yo iba a ser técnicamente el narrador. Iba a tener que ir interviniendo en la historia, atando cabos sueltos, rellenando huecos biográficos, coligiendo capítulos intermedios para conseguir la continuidad de ciertos episodios que estaban separados por un vacío tan hondo que sobrepasaba los límites de la elipsis. Para poner en orden esas miles de piezas sueltas, más que una narración se imponía una exégesis. Desde ahí me puse a abordar la historia, desde el punto de vista del exégeta. En eso me convertí a partir de entonces, en un exégeta.

Cristino Lobatón Xakpún establece en esas memorias que escribió con la intención de ganarse un sitio en la posteridad, su perspectiva del éxito desmesurado que tenía Lucía Zárate, la liliputiense mexicana: *Sería inexacto decir que la enanita triunfaba en Estados Unidos solo por su talento. Fui yo, su manager, el que la puso ahí para que pudiera triunfar.*

También aclara Cristino que, a lo largo de las páginas que se ha propuesto escribir, puede ser que se refiera a Lucía como *enana, enanita, o incluso mi enanita del alma.* Esta aclaración es de una delicadeza propia del siglo XXI y no de finales del XIX, y sobre todo es una excentricidad, porque el negocio con el que Cristino Lobatón empezó a hacer fortuna en Estados Unidos fue, digámoslo claramente, la explotación artística de una mujer anormal, la exhibición pública y a mansalva de una persona aquejada de enanismo. ¿A qué viene entonces tanta delicadeza? Seguramente a que Lobatón quería aparecer como un hombre sensible en esa vida por escrito que pretendía dejar para la posteridad.

Desde las primeras páginas aparece la divisa vital de Cristino Lobatón, que es una sentencia del amo del *freak show* y mentor suyo P. T. Barnum: *There's a sucker born every minute.* Cada minuto nace un idiota. Cristino había sido el representante político

15

de El Agostadero, su pueblo, y sabía por experiencia que con una buena cantidad de idiotas podía hacerse una enmienda a la ley, poner en marcha una revolución o articular un gran negocio. Estaba convencido de que sin ellos los pueblos y los países serían ingobernables; a fin de cuentas, pensaba rigurosamente desde su propia experiencia, solo los idiotas pueden creer en las promesas de un político.

Cristino era hijo de un francés, Patrick Le Bâton, que acabó castellanizado como Lobatón, y de una india totonaca apellidada Xakpún. De ese mestizaje canónico salió un niño cartesiano que creía fervientemente en las fuerzas de la naturaleza. Su padre observaba de lejos y con cierta resignación cómo su madre lo educaba con los parámetros de la cosmogonía totonaca, cómo lo enseñaba a leer los signos del mundo, el significado del relámpago, del vuelo de un ave, del diseño trazado en la arena por el zigzag de una culebra, cosas que aprendió desde niño y que lo hicieron desarrollar una poderosa vena mística.

Lobatón se convirtió, a finales del siglo XIX, en uno de los hombres más ricos de Estados Unidos, y este vertiginoso ascenso social, si se piensa en El Agostadero, el pueblo remoto e inmundo que lo vio nacer, amerita, cuando menos, que se conozca su fabulosa aventura. ¿Por qué nadie sabe nada de este hombre que fue muy rico y bastante famoso hace poco más de un siglo? Me parece que tengo la respuesta: porque la forma en qué hizo fortuna es un ejemplo poco edificante. ¿Es esta razón suficiente para ignorar a un personaje de esas dimensiones?

"La mano de un adulto es un asiento amplio para ella", dice una nota del diario *The New York Sun*, fechada en diciembre de 1876. Otra, fechada el mismo año en el periódico *The Philadelphia Star*, con el título "La mujer más pequeña de la Tierra", consigna lo siguiente: "Su cabeza, del tamaño aproximado del puño de un hombre, está bien formada y tiene el pelo oscuro y suave. Lo único que se sale de proporción es la nariz, que parece la de una mujer de tamaño normal. Tiene ojos negros brillantes y es muy seria, no habla nunca, aunque aseguran que sabe hacerlo".

Estas dos notas de periódico son una pequeña muestra del revuelo que provocó, en la Exposición Universal de Filadelfia, la presentación de Lucía Zárate, la mujer más pequeña del mundo, también conocida como la liliputiense mexicana. Pero lo mejor será empezar por el principio, por donde empieza "El cuerpo eléctrico".

Cuando era niña, Lucía Zárate hacía la siesta mientras su madre trajinaba por la casa. Tomasa barría, trapeaba o cocinaba un caldo en los fogones, llevándola a ella en el bolsillo izquierdo de su bata y a su hermano gemelo, que era también liliputiense, en el derecho. Había mañanas en las que Tomasa terminaba muy pronto su quehacer y entonces, para que la siesta de los niños no fuera a malograrse, salía a caminar por el pueblo, porque sabía que si se detenía los dos enanitos comenzaban a llorar desconsoladamente. En El Agostadero era habitual ver a la señora Zárate andando por la calle, o de compras por el mercado o conversando con alguien en una esquina, sin dejar de bambolearse para que sus hijos, que dormían a pierna suelta dentro de sus bolsillos, no se despertaran.

Aquel fue el primer contacto que tuvo Cristino Lobatón con la enanita o, más bien, la primera vez que supo de su existencia, porque a ella apenas se le veía la cabeza saliendo del bolsillo de Tomasa.

El Agostadero era un pueblo de Veracruz, con una iglesia, un gran mercado que daba servicio a cinco o seis poblaciones aledañas y unas jaurías de perros famélicos que vagabundeaban por las calles y que nadie sabía de dónde salían. Era un pueblo de tierra quemada, de suelo estéril, que vivía del comercio de productos que llegaban de otro sitio, y ese ir y venir de mercancías dejaba la ilusión de que el pueblo se movía, de que su gente tenía un destino, cuando en realidad vivían todos como en un barco encallado. *En El Agostadero se acababa todo*, escribe Lobatón. Y también dice, más adelante: *Mi pueblo era un pudridero en el que las plantas de maíz retoñaban en flores gangrenadas, y yo pude escapar a tiempo de aquella gangrena.*

Lucía y Rodrigo, los gemelos enanos, eran una curiosa excepción genética porque, antes de ellos, Tomasa y Fermín habían procreado hijos de proporciones normales. Quizá, más que de una excepción, se trataba de otra de las manifestaciones de esa gangrena de la que habla Lobatón. En todo caso, Rodrigo murió pronto, de alguna patología relacionada con su enanismo, y dejó sola a su hermana, al filo de esa vida insólita que se le venía encima.

Cuando Lucía comenzó a caminar se convirtió en la vecina más popular del pueblo. Todos la veían pasar rumbo al mercado, era una niña diminuta y parecía tan frágil que la gente le abría paso cuando su madre la mandaba a hacer la compra. Se quitaban del camino, la escoltaban para que algún desaprensivo no la fuera a pisar, o por si un perro, de esos que pululaban por las calles sin control, la olisqueaba con demasiado interés. Ya desde entonces los vecinos la habían transformado en una celebridad, observaban sin tregua todos sus movimientos y le quitaban de enfrente cualquier obstáculo; la adiestraban, sin quererlo, para que aprendiera a explotar la admiración que provocaba, mientras ella iba descubriendo su talento para exhibirse. Siempre había alguien dispuesto a ayudar a la enanita y en el mercado, a la hora de pedir la mercancía con su voz aguda que salía de muy abajo, de entre las piernas de la clientela, todos guardaban silencio y no faltaba quién la alzaba y la sostenía en alto para que pudiera pedir lo que necesitaba con más facilidad.

No es que El Agostadero girara en torno a Lucía, pero es verdad que cuando la enana salía a la calle su cuerpo absorbía todas las miradas, y en todos despertaba el deseo de ayudarla, de acercarse, de estar con ella. Entraba al mercado con una bolsa pequeñísima que era pura coquetería, porque sabía perfectamente que nunca faltaba un acomedido que se ofrecía a llevarle los paquetes, y de paso hacía del regreso de la enana una apoteosis, pues podía vérsele con un admirador detrás cargándole devotamente los bultos al tiempo que ella iba abriendo la multitud del mercado, como dicen que Moisés abrió las aguas del Mar Rojo.

Pasaron los años y cuando Lucía era una joven que se acercaba a los dieciocho, un vecino pidió permiso a Tomasa y a Fermín para invitar a la enanita al desayuno que habría después de un bautizo, incluso ofreció pagar una cantidad de dinero por su presencia en el lugar prominente de la mesa. Aquel hombre quería pagar porque Lucía estuviera ahí y aquello le abrió los ojos a Cristino Lobatón, que, como era el representante político de aquella gente, estaba al tanto de todo lo que sucedía en el pueblo. Al verla ahí, sentada en la silla alta que le construyeron para la ocasión y después de pie exhibiéndose encima de la mesa, Cristino apreció la poderosa energía que emanaba de ese cuerpo, la forma en que concentraba las miradas sin hacer absolutamente nada.

Cristino Lobatón era uno de los hombres de confianza de Teodoro A. Dehesa, diputado federal y sagaz político veracruzano que, muchos años más tarde, se convertiría en el gobernador del estado. Ser hombre de confianza de un diputado quería decir recibir un sueldo a cambio de la promoción de su obra y su figura en un municipio específico que, en este caso, era el de El Agostadero.

Cuando Lucía cumplió dieciocho años, Cristino pensó que su carisma y su talento para exhibirse, que tenía a los vecinos electrizados, debería ser un activo del proyecto político del diputado Dehesa, y así se lo dijo de golpe, sin preámbulo alguno, mientras despachaban un asunto referente a la escasez de agua en el municipio. Lobatón no quería cooperar con su jefe por agradecimiento, ni por solidaridad ni por altruismo; le quedaba claro que para trepar en el organigrama político, lo más ordenado era ayudar a encumbrarse al que tenía adelante y luego él ya subiría por pura gravedad. Después de oír la propuesta, el diputado Dehesa replicó, con sobrada razón, que si no sería contraproducente para su imagen personal tener como estandarte a una mujer enana. De una enana se desprenden metáforas siempre desgraciadas que de ninguna manera pueden ayudarnos, dijo Dehesa muy desconcertado, dudando del buen juicio de Cristino Lobatón y, de paso, del trabajo que realizaba para promoverlo en su pueblo.

Como ya se había metido en un problema por decir aquello de golpe, pensó que no tenía más remedio que llevar a Lucía a Veracruz, a la oficina del diputado, para que al verla en persona pudiera apreciar la verdadera dimensión de esa criatura.

Al día siguiente Lobatón se plantó en casa de los Zárate y habló con Tomasa y con su marido, Fermín, que lo miraba huraño y bien pertrechado detrás de su mujer. Cristino era, después del cura y del alcalde, la persona más importante del pueblo; era el político que estaba en contacto permanente con el poder del estado y todos lo recibían en sus casas cuando había un tema relevante que tratar, y el de Lucía lo era, dijo él a sus padres, porque asociarla con un proyecto político significaba darle a su carrera un empujón que jamás tendría en El Agostadero. ¿Qué carrera?, preguntó Fermín, y aquello hizo ver a Cristino que se estaba precipitando, que ya contemplaba una figura del espectáculo donde sus padres solo veían a su hija aquejada de enanismo. Lobatón explicó su idea, les dijo, con mucha solemnidad, que Lucía tenía un claro llamado del destino que era necesario atender, y ellos asintieron e insistieron en que sin sus padres Lucía no viajaba ni a Veracruz ni a ningún lado. Así que Cristino, que había pensado en la posibilidad más práctica de llevarse a la enanita en su caballo, tuvo que invertir en el alquiler de dos caballos extra y en la manutención del matrimonio durante el viaje a Veracruz. Su idea de viajar en el tren, que era la opción menos tortuosa y, sobre todo, más económica, fue desestimada inmediatamente por Tomasa que, al borde del terror, dijo que no iban a subirse en un transporte que prescindía de los animales para moverse, y que echaba una humareda tóxica y que además, como les habían contado, iba a una velocidad que dejaba mareados a los pasajeros durante varios días. Como la prioridad era presentar a la enana al diputado Dehesa lo más pronto posible, tuvo que aceptar la condición que le impuso el matrimonio, convencido de que trataría con ellos solo mientras lograba encarrilar la carrera de su hija. No sabía, porque era imposible saberlo entonces, que durante los siguientes años iría arrastrando, de ciudad en ciudad, a Tomasa y a Fermín.

Visualizaba en general la carrera de mi enanita, pero no sabía todavía los detalles; la veía formando parte de un proyecto político, presentándose en los mítines, acompañando a Dehesa en sus discursos; estaba seguro de que íbamos a triunfar, pero no sabía exactamente cómo, escribe Lobatón, para que a sus lectores nos quede muy claro que era un hombre capaz de saltar con gran soltura al vacío.

El viaje a Veracruz duró día y medio, con una parada a dormir en Paso de Ovejas, en el establo que les alquiló un ranchero, luego de que Lobatón le contara que era el hombre de confianza de un diputado federal y que iban a Veracruz a presentar a una vedet que pronto sería la figura más rutilante del espectáculo. ¿Y dónde está?, preguntó extrañado el dueño del establo, y más extrañado se quedó cuando Lobatón le dijo *voilà!* y señaló a la enanita, que viajaba en una bolsa que traía Fermín colgada en bandolera. El dueño del establo no podía salir de su asombro, se quedó atrapado en sus fascinantes proporciones y no dejó de verla mientras la enanita tomaba su cena, una papilla con trozos pequeños de pollo, y siguió mirándola extasiado cuando se acurrucó encima de su madre y se quedó dormida.

Llegando a Veracruz fueron recibidos por el diputado Dehesa, que desconfiaba del proyecto aunque, como le confesaría más tarde a Cristino, su entusiasmo lo había dejado inquieto. Lucía montó un espectáculo en la oficina del diputado, encima del escritorio, ese espectáculo involuntario en que se convertía cuando se quedaba quieta, sentada o de pie, concentrando todas las miradas. Poco a poco se fueron congregando alrededor de ella las secretarias, los asesores, los asistentes, los mozos y una multitud de empleados que al cabo de unos minutos, seducidos por la irresistible teatralidad de la vedet, rompieron espontáneamente en un aplauso. Sobre ese raro momento en la oficina del diputado, escribe Cristino esta reflexión un poco macarrónica de aires filosóficos: *¿Qué hacía Lucía para seducir de esa forma a la gente? Muy sencillo: quién ya es no tiene que hacer que es, y Lucía no tenía que hacer nada porque ya era una criatura extraordinaria.*

Esto lo tiene que ver Mi General, dijo el diputado Dehesa con los ojos inyectados de júbilo y mucha codicia. ¿Mi general Ángulo? Preguntó Lobatón, refiriéndose al jefe de la división militar que operaba en Veracruz, pero el diputado Dehesa le dijo, y lo dijo al aire para que lo oyeran todos, no la chingue Lobatón, no sea timorato, aquí no hay más Mi General que Don Porfirio Díaz.

Porfirio Díaz acababa de ocupar, el día anterior y por primera vez, la presidencia del país. Era noviembre de 1876 y el general solo permanecería quince días en la silla, un lapso mínimo dentro del cual se escondía el principio de la enorme fortuna que estaba destinado a hacer Cristino Lobatón.

Cuando el diputado Dehesa, al final de la presentación de la diva en su oficina, anunció que se iban todos inmediatamente a la Ciudad de México, Tomasa y Fermín no parecieron entender lo que estaba sucediendo. Estaban tan embobados con los aplausos y los piropos que recibía su hija, que no se dieron cuenta de la maniobra hasta que llegaron a la estación, donde el tren ya bufaba y echaba humo por la chimenea y liberaba un denso vapor que salía entre las ruedas y le daba a la máquina un aire infernal. Hasta entonces el matrimonio Zárate entendió lo que se le venía encima, pero el entusiasmo del diputado Dehesa y la perspectiva de subirse al vagón de honor diluyeron las resistencias que había padecido Cristino y que le habían costado el alquiler de dos caballos y quién sabe cuántas horas más de viaje. También ayudaba el asombro de ver a su hija, una enanita de la que nunca habían esperado nada, convertida en una diva que era capaz de mover las fuerzas políticas del estado.

El viaje estuvo orientado por el entusiasmo del diputado Dehesa, que veía en Lucía la oportunidad de adornarse con el general Díaz y de hacerlo desde el mismo principio, apenas veinticuatro horas después de que este hubiera tomado posesión del cargo, y mientras el diputado servía tragos a la comitiva que lo acompañaba y alardeaba de su futuro político que veía, desde ahí, con absoluta claridad, Lobatón iba calculando mentalmente las posibilidades que estaban a punto de abrirse y, para aislarse de la incipiente borrachera, que ya era escandalosa y prometía volverse ensordecedora, abrió una libreta, la primera de sus treinta y cinco bitácoras, y fue anotando los pueblos en los que iba parando el tren: Tejería, Soledad, Camarón, Paso del Macho, Atoyac, Córdoba, Fortín, Orizaba, Maltrata, Alta Luz, Boca del Monte, San Andrés, Rinconada, San Marcos, Huamantla, Apizaco, Guadalupe, Soltepec, Ápam, Ometusco, Otumba, San Juan Teotihuacán, Tepexpan, San Cristóbal, Guadalupe y México.

El diputado Dehesa exhibió su clarividencia política en ese viaje, pues dijo, con una copa en la mano, y subiendo mucho la voz para imponerse al estrepitoso traqueteo del tren, que pronto se convertiría en el gobernador de Veracruz, cosa que efectivamente sucedería, aunque no tan pronto. Lobatón, por el contrario, era incapaz de vislumbrar los detalles de su futuro, pero en cambio veía que esa visita al presidente del país significaba un contundente ascenso en su carrera de político, había localizado el camino por el que iba a empezar a trepar. Ya había cumplido con el diputado Dehesa y éste, a su vez, cumpliría con el presidente llevándole a la enanita carismática, y después ¿qué? Cristino tampoco veía muy claramente de qué forma podía interesarle, a un presidente recién estrenado una criatura como Lucía; pero esto se debía, de acuerdo con la conclusión a la que lo llevaron rápidamente sus reflexiones, a su inexperiencia en esos armadijos, a su profundo provincianismo y a su incapacidad para detectar coyunturas, espacios libres, zonas donde un buen político medraba hasta convertir en oro un trozo de adobe. *Maldije mi condición de pueblerino, de provinciano ignorante*, exagera Lobatón en una de sus páginas, porque acababa de reparar en que el diputado Dehesa iba ataviado con una elegante levita negra, un plastrón gris, un impecable sombrero y un bigote mimado y puntiagudo, *y yo iba con el mismo atuendo astroso que me había puesto hacía dos días en El Agostadero y mi bigotito de campesino*, se lamenta.

Aquí se impone una puntualización. Era verdad que Lobatón había salido poco de El Agostadero y que no había pasado de la escuela secundaria, pero, por otra parte, era un hombre que hablaba cuatro lenguas, español, francés con su padre, totonaca con su madre y había estudiado inglés con una maestra en Veracruz, que además era la traductora de la poesía de Walt Whitman (*Hojas de hierba*. Edición bilingüe. Trad. Sonia Hicks. Compañía Papelera y Editorial veracruzana, México, 1869) y había logrado transmitirle la inquietud por la lectura y, en particular, por la obra del poeta, aunque años después, enredado en esa vida convulsa que lo esperaba en Estados Unidos, no recordaría ni uno de sus versos. Quiero decir que Lobatón era un hombre con algunas lecturas, que además se había fogueado en los caladeros políticos del estado; así que de ninguna forma era tan provinciano como él insiste en hacernos creer a sus lectores, o quizá exageraba su condición de pueblerino para que su triunfo social en Estados Unidos tuviera, por escrito, una mayor dimensión.

Pero volvamos al vagón de honor, donde al estrépito metálico de las ruedas trajinando sobre los rieles se sumaba la algarabía de la comitiva que iba a conocer al nuevo presidente y, cada vez que la máquina acometía una curva prolongada, el humo de la chimenea se despistaba, se metía en tropel por las ventanillas del vagón y provocaba un ataque colectivo de tos que redundaba en más algarabía y en redobladas carcajadas. Tomasa dormía profundamente y Fermín apoyaba la cabeza contra la ventanilla mientras miraba, con una expresión indescifrable, cómo el diputado Dehesa, con una energía expansiva, y un vaso de ron en la mano que a causa de las continuas sacudidas del tren se desbordaba sin parar, hablaba con vehemencia sobre su vieja amistad con el general Porfirio Díaz. Lucía, que era el centro de todo aquel operativo, iba de pie, en su asiento, mirando el paisaje por la ventanilla, ajena a los hombres de copa y puro que hablaban y se carcajeaban a su alrededor. Cristino había montado todo aquello sin más horizonte que el de quedar bien con el diputado, pero ahí a bordo de ese tren había cambiado radicalmente su perspectiva, no veía ya más que el mundo ancho y exuberante que corría a lo largo de las vías y él se veía ahí, en medio de todo, haciendo cosas verdaderamente importantes.

Que dice el diputado que por qué no bebe usted y que aquí le manda este vaso de ron, le dijo otro de los brazos derechos de Dehesa, el que velaba por sus intereses en el municipio de Cosamaloapan. Lobatón iba a decir que no, quería estar escrupulosamente lúcido para no perderse los guiños que estaba a punto de hacerle el futuro, pero el hombre fuerte de Cosamaloapan ya le estaba poniendo el vaso en la mesilla y el diputado Dehesa controlaba la escena desde lejos, con un gesto y unos ojos que le hicieron comprender, como tantas otras veces, que aquel vaso de ron no era solo un trago, era una orden terminante.

Llegaron a la sierra, el tren subió a tirones el último tramo, que era el más empinado, y en cada resoplido inundó el vagón de honor de una densa humareda negra. Después bajó a toda velocidad rumbo a Puebla y al Valle de México, soltando una serie de largos pitidos. La enanita viajaba con una calma contagiosa, nada parecía perturbarla, ni el violento giro que experimentaba su vida, ni la creciente festividad con la que viajaban el diputado y su comitiva, ni el humo espeso ni el salvaje traqueteo del tren.

Llegando a la Ciudad de México, el diputado Dehesa dispuso que la visita al general Díaz se haría en ese mismo instante. ¿Aunque sea de noche cerrada?, preguntó imprudentemente uno de sus subordinados. ¡Claro chingao!, tronó el diputado, ¿o que se cree usted que Mi General tiene tiempo para dormir?

Porfirio Díaz trataba de controlar el caos que devoraba su oficina. Llevaba veinticuatro horas absorbido por los asuntos de suma importancia que le salían al paso cada tres minutos. El diputado Dehesa, seguido de su amplia comitiva, trataba de abrirse paso en esa jungla de problemas urgentes, de revueltas a punto de estallar; intentaba imponer a su vedet entre un brote insurgente en el estado de Hidalgo y una protesta de campesinos que, precisamente en ese momento, avanzaba en un tumulto incontrolable por el Paseo de la Reforma. Hay que tomar medidas ya, le exigía un secretario, quizá un ministro, al presidente, mientras el general trataba de concentrarse en el pomposo preámbulo que hacía su amigo el diputado veracruzano para presentar a la enanita. Porfirio Díaz estaba desgreñado, desaliñado, ligeramente fuera de sí, tratando de hacer pie en su nuevo empleo de presidente de México. El panorama invitaba a salir corriendo de ahí, pero el diputado Dehesa estaba decidido a capitalizar políticamente el hallazgo de Lobatón, y no paró hasta que abrió un hueco para la enana, en medio del escritorio del presidente, que debía ser por lo menos su compadre, porque se atrevió, ante el terror de secretarios y ministros que revoloteaban por la oficina, a mover unas pilas de papeles que tenía enfrente y a pedirle al secretario o ministro que insistía con el brote de Hidalgo y con la marcha campesina, que por favor permitiera al general Díaz concentrarse dos minutos en la figura excepcional de esa vedet que traían expresamente desde Veracruz.

En la oficina presidencial, que era un espacio de techos altos y bastante oscuro, a pesar de que abundaban las lámparas, se hizo un silencio que a Cristino Lobatón le produjo un escalofrío. Por toda la alfombra, que era de un color gris sucio, había papeles tirados y en el ambiente flotaba una rancia neblina de tabaco, una acumulación de los humos que se habían fumado ahí durante lustros. Lobatón no fumaba y empezaba a entender aquello como una desventaja, porque el puro humeante coincidía, invariablemente, con las mejores levitas, los mejores corbatones y los bigotes más mimados. A una señal del diputado Dehesa, Tomasa colocó a la enana, que hasta ese momento se acurrucaba en los brazos de su padre, sobre el escritorio presidencial, entre dos pilas de papeles que fácilmente doblaban su altura y frente al presidente desaliñado que, al ver la dimensión inverosímil de la diva, pidió silencio y se dispuso a analizarla, o más bien a asombrarse con ella; le acercó la llama de la lámpara para verla mejor y preguntó: ¿Y cuántos años tiene esta preciosura? Durante aquellos cinco minutos de negociación feroz, en los que el diputado Dehesa había batallado para plantar a la enana en el escritorio presidencial, ninguno de los secretarios ni de los ministros que urgían al presidente había reparado en que Fermín llevaba a la vedet en brazos. ¡Se hunde el país!, gritó un ministro, o secretario, desesperado, en cuanto vio que el general Díaz arrimaba la lámpara al cuerpo de la enanita. ¡Pues que se hunda!, dijo el presidente, mientras tocaba con la punta de un lápiz los pliegues del vestidito, con el cuidado que hubiera puesto un entomólogo al separar con su pinza de disección las alas de un insecto. Tengo dieciocho años, dijo Lucía, mirando fijamente al general, y la noticia desamarró un rumor entre el funcionariado. La vedet se dejó contemplar, había aprendido en El Agostadero que su presencia bastaba para conmover, y en Veracruz que esa presencia, sostenida con la prestancia suficiente, culminaba en un aplauso que, efectivamente, llegó. ¡Es perfecta para la Exposición de Filadelfia!, sugirió uno en cuanto terminó el aplauso, uno de esos políticos capaces de ver la zona intermedia donde se puede medrar. El presidente, todavía muy asombrado, asintió y añadió que precisamente en eso estaba pensando, y luego sacó un pañuelo para secarse el sudor de la frente y el que le escurría por el cuello.

Justamente esa mañana, el 25 de noviembre de 1876, había recibido el general Díaz la invitación de Ulysses S. Grant, el presidente de Estados Unidos, y había pensado que el evento de Filadelfia era la oportunidad para presentarse en aquel país como el nuevo mandatario mexicano; pero luego se había distraído porque cada cinco minutos surgía un asunto que ponía al gobierno patas arriba y ahora estaba ahí frente a esa diva mínima que había llegado a refrescarle la memoria. ¡Nos vamos a Filadelfia!, anunció el presidente y luego encargó a uno de sus secretarios la articulación del proyecto. El diputado Dehesa, por su parte, nombró ahí mismo una comisión de enlace entre la presidencia, el estado de Veracruz y Filadelfia, encabezada por el señor Cristino Lobatón Xakpún.

La Exposición de Filadelfia era un evento muy apreciado por la gente que mandaba en el planeta. Era un fastuoso escaparate comercial y cultural que tres años antes, en 1873, se había organizado en Viena y que dos años más tarde, en 1878, se celebraría en París y luego en Melbourne, en 1880, y en Barcelona, en 1888. Era un dilatado y lucrativo *tour* que pasaba por las capitales importantes, aupaba el comercio internacional e invariablemente disparaba el desarrollo de las ciudades anfitrionas. Pero además ese año, 1876, la Exposición coincidía con el Centenario de la Declaración de Independencia de Estados Unidos y esto hacía que el evento tuviera un claro sesgo político, un atractivo adicional que invitaba a medrar a los visionarios y a los espabilados de Occidente. El mismo presidente Ulysses S. Grant, consciente de la poderosa atracción que ejercía su Exposición, y preocupado por la relación con ese país convulso y salvaje que tenía como vecino, había cursado la atenta invitación al gobierno mexicano para que estuviera presente, en el punto geográfico donde, según decía textualmente la misiva presidencial, estaría "puesta la atención de los países más relevantes del orbe".

En este punto es necesario aclarar, porque de otra forma no se comprenderá el malentendido que vendrá después, que la carta había llegado originalmente a principios de 1876 y que estaba dirigida, en realidad, a Sebastián Lerdo de Tejada, el presidente anterior. Por razones que ignoro, la invitación del presidente gringo no solo no fue atendida por Lerdo de Tejada, sino que estuvo durante meses, sin abrirse, en el escritorio de su secretario particular y éste, un mes después de que su patrón abandonara la oficina, redirigió la carta de Grant a José María Iglesias, que ostentaba, en esos últimos días de noviembre, una presidencia paralela a la de Porfirio Díaz. Era un momento complicado del país, con dos presidentes, que duró solamente ocho días, un brevísimo lapso que se abrió, como una pequeña rendija en la línea general del tiempo, para que Cristino Lobatón se introdujera en una dimensión de la existencia que nunca habría podido imaginar. No he podido averiguar, y probablemente ya no venga al caso saberlo, cómo es que la carta de Ulysses S. Grant, que había sido turnada al presidente José María Iglesias, llegó a las manos de Porfirio Díaz, ni cómo es que no llevaba la fecha, que estaría seguramente en el matasellos del sobre que se habría traspapelado; el único referente temporal que tiene esa invitación, que se conserva entre los papeles de Cristino que están en la Universidad de Filadelfia, es el año, dice textualmente: "Centennial Fair, 1876". Frente a estas anomalías, dignas de una comedia de enredos, queda claro que el destino conspiraba para que Cristino Lobatón se beneficiara de ese error que no figura, por intrascendente y nimio, en la historia de México.

Tres días más tarde, cuando partía la expedición hacia la famosa Exposición de Filadelfia, se encontraron en el Puerto de Veracruz, listos para zarpar en el barco portugués Philippo II, el diputado Dehesa, radiante de júbilo, Lucía con su pasmosa tranquilidad, Cristino Lobatón estrenando una levita muy correcta, y Fermín y Tomasa entre aterrorizados e incómodos porque la premura y los protocolos del viaje presidencial les habían impedido dejar su vida en El Agostadero mínimamente ordenada antes de embarcarse en esa aventura internacional. Cristino había previsto, y lo había hecho saber a sus compañeros de viaje, que cuando llegaran a Filadelfia, a mediados de diciembre, haría un frío considerable, por lo que los tres habían aparecido con unos gruesos jorongos de lana que ahí, al rayo brutal del sol veracruzano, los hacían sudar copiosamente. Lobatón en cambio había recurrido a su amigo Ly-Yu, que tenía un almacén en el puerto, con toda clase de prendas y productos, para que le consiguiera un abrigo, un sombrero, una levita, unos guantes y un corbatón; un atuendo que representara, mejor que su traje astroso y pueblerino, la alta misión que se le había encomendado.

Desde las primeras páginas de las memorias aparece Ly-Yu, un elemento crucial que irá incrementando su influencia y su presencia en la expansión económica y personal de su amigo Cristino. En un apunte rápido, que no tiene otra intención que ir fijando al personaje en esta historia, diremos que Ly-Yu era un comerciante chino, amigo de Lobatón desde la infancia, que compraba y vendía mercancía internacional que llegaba al puerto y, además, era el único distribuidor de opio que había en el país. El opio era una mercancía difícil de vender: además de la docena de adictos fijos que había en el puerto, el opio se lo compraban pequeños grupos de artistas, políticos y empresarios de la Ciudad de México, que no alcanzaban para formar una red de distribución. Cristino, que estaba al tanto de la situación, vio en su viaje a Estados Unidos una oportunidad para canalizar ese opio que Ly-Yu acababa vendiendo a un precio ridículo a los traficantes del puerto. La visión empresarial que tenía Cristino resulta asombrosa, desde el principio de su aventura ya llevaba en la cabeza los elementos con los que iba a hacer fortuna.

A Lobatón le pareció extraña, por no decir desasosegante, la soledad que imperaba en el muelle y la poca gracia del barco portugués que habría de llevar a Filadelfia a Porfirio Díaz y a su comitiva. Aunque este último factor podía tener su explicación, o eso quería creer para darse ánimos, en la presidencia alternativa de José María Iglesias que, a la hora de repartirse los activos de la institución, debía haberse quedado con la flotilla de lujo. La tripulación saludaba ya a los pasajeros que iban subiendo por la escalerilla, cuando llegó un mensajero sudoroso a entregarle un papelito al diputado Dehesa, que no dejaba de ser un cuerpo radiante a pesar del mal ambiente que entre todos, los presentes y los ausentes, generaban en el muelle. El diputado leyó el papel y sin perder la compostura, un detalle de su personalidad que en esos momentos le pareció a Cristino francamente agresivo, lo miró para decirle en voz alta, para que se enterara también la familia Zárate, que el presidente había cancelado el viaje pero que rogaba a la enanita que pusiera muy alto el nombre de México en la Exposición de Filadelfia, y al señor Cristino Lobatón que la asistiera permanentemente, "en la inteligencia de que la imagen internacional del país depende de su desempeño diplomático", remató. Una vez comunicado el mensaje del presidente, el diputado Dehesa entregó a Lobatón la carta de Ulysses S. Grant, cuatro pasajes para el barco Philippo II y un maletín con el dinero suficiente para subsistir, según aseguró, un par de meses.

A Cristino lo habían dejado solo en esa misión internacional que no tenía ni pies ni cabeza. Era un hombre de veintitrés años, *dolorosamente pueblerino*, según escribe él mismo, y aquella encomienda le quedaba un poco grande. Pero ya que estaba a bordo del Philippo II, con la enana y sus padres, zarpando hacia Filadelfia, se sintió con la fuerza suficiente para enfrentar lo que se le viniera encima. La forma en que el diputado Dehesa había logrado poner a Lucía encima del escritorio del presidente era un acicate para él, un ejemplo claro de la forma en que un hombre importante debía conducirse. Al ver ahí a su jefe, abriéndose paso a codazos entre secretarios y ministros, le quedó muy claro el modus operandi de cualquiera que tuviera la pretensión de que sus proyectos, o sus deseos, se realizaran: había que hacer que se realizaran, no podía uno sentarse a esperar a que las cosas sucedieran solas.

Cristino no se había subido nunca a un barco y cuando llevaban apenas dos horas navegando, contadas ansiosamente en su reloj, añadió a ese desconcierto de pasajero primerizo la reflexión de que el éxito o el fracaso de aquella encomienda internacional dependían exclusivamente de él. Sintió vértigo e inmediatamente después, un deseo irreprimible de sacar adelante el encargo del presidente, porque estaba convencido de que si lo conseguía se abriría ante él la puerta por la que entraría a la política nacional. No sabía, porque era imposible saberlo entonces, que en el norte le esperaba un futuro tan deslumbrante que acabaría haciéndolo ver a la política como una actividad de segundo nivel.

Mientras colgaba su camisa y el abrigo en el pequeño armario que había en su camarote, Cristino reparó en que no había cruzado ni una palabra con los padres de la enana desde que se habían sentado a hablar, días atrás, en El Agostadero. Lucía tampoco hablaba mucho, lo suyo era la contemplación en privado, contrapesada con su majestuosa exhibición en público, y según se entiende por lo que cuenta Cristino y por lo que dicen las notas de prensa que hablan de ella, era una persona de pocas luces, que quizá sufría un cierto retraso mental, lo cual explicaría su pasividad y su silencio; pero de Fermín y Tomasa lo desconcertaba el poco interés que les merecía el viaje, tomando en cuenta que se trataba de un desplazamiento mayor, de ir a otro país en una confusa aventura de la que todos sabían muy poco. Cristino pensaba que, si él hubiera estado en el lugar de ellos, hubiera exigido información, algún papel donde se estipulara qué era lo que iban a hacer a Filadelfia, alguna garantía, un itinerario aunque fuera a grandes rasgos. Lobatón no tenía más remedio que viajar así, sin garantías, tenía la encomienda de sacar adelante esa misión, pero ¿y ellos?, ¿por qué aceptaban ese futuro incierto sin decir una palabra?

Subió a la cubierta y, en cuanto salió a la intemperie, tragó una sustanciosa bocanada de aire marino que lo hizo sentirse muy vivo y muy alerta. En el horizonte no se veía más que agua, habían perdido de vista la tierra y ante la proa se abría un estimulante espacio del que Cristino tragaba grandes bocanadas, se dejaba estimular por esa energía que salía del mar, por ese chorro de viento que contenía partículas mínimas de todas las especies que vivían en el océano. Aquel chorro vivificante, según cuenta, lo llenó de esa energía primigenia que lo impulsaba desde que era un niño y que lo hacía percibir todos los elementos del mundo como un sistema, como una unidad orgánica e indivisible de la que él formaba parte. Ya se ha dicho en otra página que Lobatón era un hombre con una importante vena mística.

El Philippo II era una nave desvencijada. No era tanto que tuviera partes rotas, mangueras goteantes o socavones de esos que abre la persistencia del óxido en las superficies de metal. No, lo desvencijado era su carácter, su estructura sufría un permanente tremor. Cada vez que remontaban una ola grande, o cuando viraba unos cuantos grados el rumbo, todos los fierros de la nave vibraban como si estuvieran a punto de salir disparados hacia el agua. Pero según la información que le había dado un marinero, no había peligro, cada fierro estaba escrupulosamente atornillado a su base, y la base general era sólida y había resistido ya inenarrables vendavales. Lo desvencijado era puro estilo, según pudo sacar en claro Cristino, pero a Tomasa y a Fermín el argumento no los convencía y al desamparo que arrastraban desde que habían subido a bordo, se sumaba el pánico a la desintegración del Philippo II.

El barco atracó brevemente en Tampico para que los estibadores subieran media docena de cajas, fue una maniobra rápida que no duró más allá de hora y media. Este es el último puerto mexicano, a partir de aquí dejamos el país y nos internaremos en las aguas del vecino del norte, dijo Lobatón a los Zárate en cuanto el barco reanudó su travesía. Aquel comentario envenenó la mirada de Fermín, le dedicó unos ojos que, en otra persona con más energía, hubieran sido flamígeros, y que en él quedaban en un bilioso centelleo que desembocó en un extraño reclamo, no sabía que íbamos a salir de México, dijo, así la cosa ya cambia. ¿Y dónde carajo crees que está Filadelfia? Explotó Cristino de la peor manera, y enseguida se arrepintió, su destino, por el momento, estaba irremediablemente atado al de ellos.

Lucía miraba fijamente el horizonte, Fermín la había subido a una pila de cajas para que pudiera ver por encima de la barandilla. Y tú ¿qué opinas, pequeña?, preguntó Lobatón a Lucía, que al fin y al cabo era el elemento central de la expedición. La enana le dedicó una mirada vacía y, antes de regresar a la contemplación del océano, le dijo tengo dieciocho años, no me llame pequeña.

A lo largo del viaje el Philippo II fue haciendo varias paradas, nunca se sabía muy bien con qué motivo, en una diversidad de puertos cuyos nombres fue anotando Cristino. Después de Tampico atracaron en Galveston, Texas, un puerto grande y humeante donde escuchó por primera vez el inglés fuera del aula de la señora Hicks. Un policía que subió al barco a revisar que los papeles del capitán estuvieran en orden y que no hubiera maleantes ni polizones se enzarzó en una conversación con Cristino, de la que los Zárate no entendieron ni una palabra, acerca del tamaño inverosímil de Lucía, que miraba las maniobras del puerto trepada sobre esas dos cajas de madera que le permitían acodarse sobre la barandilla. El policía no podía creer que existiera una criatura de esas dimensiones, y cuando Cristino le reveló la edad que tenía, se quitó la gorra y, mientras contemplaba a la enana, se rascó la cabeza y dijo, o más bien gritó, *Unbelivable! This is unbelivable sweet Lord of mine!* El asombro del policía lo dejó esperanzado, lo hizo ver que el proyecto de exhibir a la enana tenía futuro, y en los días siguientes iría comprobando esa sensación cada vez que atracaban en un puerto y que se subía un policía a inspeccionar el barco.

Cristino conocía el inglés desde muy joven, su padre se había empeñado en que lo aprendiera, pensaba que hablar esa lengua, más el francés que él le había enseñado, matizarían el hecho de que su madre era una india totonaca, lo cual, desde su perspectiva europea, constituía una enorme desventaja. Así que Cristino se fue a estudiar inglés a Veracruz con la señora Hicks, aquella traductora de Walt Whitman de quien ya se habló en otra página. Hicks daba clases particulares y aceptaba alumnos internos; vivía en un caserón frente al mar que le había dejado su marido, que era también escocés, pero, según la información que ella misma difundía, había desaparecido con su barco en una tempestad. La historia de aquella señora era bastante confusa, porque hablaba, actuaba y vivía como viuda en la casa que le había dejado su marido, pero, por otra parte, todos sus alumnos veían al marido, al señor Hicks que supuestamente había desaparecido en altamar, paseando tranquilamente por el malecón con una contundente mulata que lo cogía del brazo. Ese señor Hicks no es el señor Hicks que fue mi marido y que en paz descanse, que *May God have mercy on his soul*, decía la señora cada vez que alguno de sus alumnos comentaba que había visto a su marido.

La alimentación de Lucía era de por sí un asunto complicado, pero a bordo del barco las dificultades se multiplicaban. La enanita no comía más que pollo hervido. La carne y el pescado le sentaban muy mal, la ponían en un estado preocupante de indigestión y la misión principal de Cristino era salvaguardar la salud de ese activo invaluable de la patria, así que tres veces al día iba a supervisar que en la cocina del barco hubiera una pieza de pollo para alimentarla. La despreocupación de Fermín y de Tomasa o, para decirlo con más precisión, su temeraria irresponsabilidad, tenía a Lobatón cada día más desconcertado, tanto que decidió que por el bien de la vedet, que era también el suyo, debía hurgar en las zonas que hasta entonces habían escapado a su vigilancia, como, por ejemplo, las noches. ¿En qué condiciones dormía la enanita?, ¿cómo pasaba las noches a bordo del Philippo II? Inquietado a fondo por esos pensamientos, y consciente de que tendría que actuar con tacto porque la enana ya no era una niña sino una mujer de dieciocho años, fue una noche a inspeccionar el camarote de los Zárate a la hora en que ya deberían estar en la cama, probablemente dormidos. Tocó la puerta discretamente y, sin esperar a que le respondieran, abrió de golpe y lo que vio, con la débil luz que alcanzaba a entrar desde el pasillo, lo hizo confirmar sus temores, lo hizo comprender que sin su intervención directa Lucía no iba a cumplir con los objetivos que había trazado el general Porfirio Díaz, objetivos que en realidad se reducían a uno solo, laxo pero irrenunciable: poner en alto el nombre de México. Años más tarde Cristino se enteraría de que Porfirio Díaz se había olvidado del proyecto, de Lucía y de él, en cuanto habían salido de su oficina, y también de que el general había dejado de ser presidente de México mientras ellos navegaban rumbo a Filadelfia, aunque más tarde había logrado recuperar su puesto y acomodarse otra vez en la movediza silla presidencial. Pero como entonces Lobatón no sabía nada, en el momento de abrir la puerta del camarote y descubrir la forma en que dormía la enana, lo primero en que pensó fue en la reacción iracunda del presidente y en la reacción en cadena que su enfado produciría en la oficina del diputado Dehesa; vislumbró un tifón político que, lo menos que iba a producir, era su defenestración, por no haber sabido proteger a esa mujer que era un tesoro nacional. Lo que vio con la poca luz que entraba al camarote, fue a Tomasa y a Fermín cómodamente instalados, cada uno en una cama, y a la pequeña Lucía echada en el suelo, sobre una manta, como si fuera uno de esos vagabundos que pasaban la noche en los galerones del puerto. ¡Qué demonios pasa aquí!, gritó, y Fermín se levantó de golpe sin entender lo que hacía Cristino allí, ni qué era aquello que lo hacía mentar a los demonios. ¡La enana no puede dormir en el suelo!, ¡es un activo de la patria y hay que tratarla con la máxima diligencia! Gritó Lobatón con energía. Ni Fermín ni Tomasa, que lo miraba como un animalillo desde debajo de la manta, reaccionaron ante su reclamación y él consideró que actuar era imprescindible y les dijo, mientras levantaba a la enanita del suelo, que Lucía dormiría en la cama extra que había en su camarote. A la pareja no pareció importarle y antes de que Cristino se retirara de ahí, con la enana en brazos, igual de apática que sus padres, Fermín ya había regresado a su cama y Tomasa había vuelto al fondo de su madriguera.

De manera que Cristino se encontró, de buenas a primeras, con su camarote tomado por la respiración agitada de la vedet, por ese cuerpo mínimo del que salían unos aires, unos ruidos, unos resoplidos que hacían juego con los quejidos metálicos que liberaba el vetusto barco portugués. Esa noche Cristino comenzó a conocer a Lucía, si es que podía conocerse a esa mujer que era exclusivamente una presencia; después de un rato de oír los angustiosos ruidos que producía su cuerpo dormido, comprendió que la enanita ni estaba agonizando ni tenía nada malo, aquellos ruidos eran parte de su rareza, igual que lo era su estómago frágil, su apatía, su pertinaz mudez. Finalmente, con todo y los ruidos que hacían la enana y los fierros del barco, se quedó dormido y a la mañana siguiente, cuando lo despertó un rayo de sol que entraba por la claraboya y le daba de lleno en la cara, se encontró con los ojitos de la vedet que lo observaba desde su cama con la misma atención que él le había dedicado unas horas antes, cuando estaba al pendiente de sus resoplidos.

Después de Galveston siguió una escala en Nueva Orleans y luego Tampa, donde Cristino tuvo que bajar a comprar una docena de pollos porque el cocinero del barco le avisó que, en cualquier momento, iban a tener que darle otra cosa de comer a la enanita. Cuando llegó con la compra a la bodega en la que el cocinero guardaba los alimentos, a la habitación fresca donde colgaba la materia susceptible de echarse a perder, descubrió que había pollos para toda una semana y sospechó que el cocinero lo había engañado para ahorrarse parte del gasto de su departamento. De todas formas no podía almacenarse demasiada materia perecedera porque el sistema de refrigeración era precario, no era más que una larga cañería que salía de popa casco abajo y aspiraba el frescor del agua marina, siempre y cuando hiciera frío a la intemperie. A veces, cuando había turbulencia en el agua, algún pescado era absorbido por el tubo de ventilación y llegaba, convulsionándose por la asfixia, hasta los tablones de la bodega. Cristino se enteró de ese fenómeno de violenta absorción porque en una de sus conversaciones con el cocinero, mientras trataba de comprender la brumosa matemática de los pollos, salió disparado con fuerza un sábalo por el tubo de ventilación, y fue a dar contra un cazo que colgaba de la pared. Y esto no es nada, le dijo el cocinero en cuanto vio la cara que puso Lobatón después de que el sábalo se estrellara con semejante estrépito. No es nada, siguió diciendo el cocinero, porque hay veces que, en episodios de gran turbulencia marina, el tubo de refrigeración absorbe docenas de peces que al subir lo colapsan, y ese atasco provoca que el tumulto de pescados se reparta por todo el sistema de respiraderos del barco, de manera que en más de una ocasión hemos tenido lluvias de pescado en la cubierta, sardinas, sábalos, huachinangos, cazones que salen disparados de los respiraderos y que van a dar contra el suelo y las paredes, o caen en tromba encima de un pasajero que sestea tranquilamente en un camastro. También se han dado casos, continuó diligentemente el cocinero, de pescados que revientan las rejillas de ventilación de los camarotes y que caen encima de los pasajeros dormidos, o de pescados que salen por el grifo o que obstruyen la ducha y una vez, solamente una vez se dio el caso de una barracuda que sacó la cabeza por el agujero del retrete que, en ese preciso momento, ocupaba un desafortunado pasajero.

A medida que subían por la costa de Estados Unidos, los días iban siendo más frescos, y más cortos. Después de Tampa atracaron en Fort Lauderdale y luego en Jacksonville, ciudad donde el cocinero volvió a enviarlo por bastimentos a un siniestro mercado cuya dirección le anotó en un grasiento papelito. En un puesto muy concurrido de yerbas milagrosas, la señora de mucha edad que regenteaba el negocio vaticinó, al enterarse de dónde venía Cristino, que México terminaría siendo parte de Estados Unidos. El vaticinio lo molestó, pero también entendió que la vieja lo hacía para lucirse con la vasta clientela que rodeaba sus dominios; estaba protagonizando, probablemente, su momento glorioso del día, y algo había de eso porque sus oyentes se echaron a reír, como si aquello hubiera sido el gran chiste. Más adelante Lobatón volvería a oír eso una y otra vez porque, en ese año del Centenario, se tenía la idea de que la apropiación de Texas, Nuevo México y California, que había perpetrado hacía no mucho el gobierno de Estados Unidos, era solo el principio de la conquista absoluta del país del sur. Está usted muy equivocada, le dijo Cristino a la señora, y ella se rio a carcajadas, le enseñó, mientras batía de arriba a abajo la mandíbula, sus encías huérfanas donde brillaban, metidos ahí a la fuerza, dos horribles incisivos de oro.

¿Qué hacía Lobatón en un concurrido puesto de yerbas milagrosas en el mercado de Jacksonville, si el cocinero del barco le había encargado una docena de pollos? Estaba buscando opio, o más bien averiguando si lo había en esa ciudad; ya desde entonces comenzaba a trabajar en el proyecto que tenía con su socio chino.

A la altura de Jacksonville, Cristino hace una digresión en sus memorias para contar el origen de su relación con Ly-Yu. Después de su jornada de estudio en casa de la señora Hicks, Lobatón recalaba en un tugurio chino que gobernaba Dalila, la madre de su amigo; ahí, en una mesa al aire libre que tenía vistas al intenso ajetreo del puerto, Ly-Yu y él pasaban la tarde vacilando y bebiendo un café con leche tras otro hasta que se les hacía de noche. Cristino iba a ese tugurio animado por su padre, que era amigo íntimo de Dalila y también su cliente ocasional, pues la china era la más célebre de las meretrices de Veracruz. Lobatón ignoraba todo esto, no sabía que la intención de su padre, al animarlo a que fuera ahí, era que su amiga Dalila o alguna de sus pupilas lo espabilaran sexualmente. Dalila se había dado cuenta de que era muy pronto para él, tenía doce años y muy poco interés en los misterios de Venus, así que el desvirgamiento que había planeado su padre había acabado en tardes de café con leche y vacilón con su amigo Ly-Yu. Dalila nunca le dijo nada y Lobatón, sin enterarse, pasó de largo frente a la oportunidad que le habían fabricado y, a cambio, ganó un aliado invaluable. Pero su padre tenía otra idea de lo que había sucedido; tiempo después, cuando le contó el motivo por el que lo había inducido a acudir al tugurio de su amiga Dalila, expresó su desazón con una frase que Cristino recordaba letra por letra, y que había sido dicha con ese pronunciado acento francés que a él le parecía muy bochornoso: "Cambiaste el coño más fogoso de la región por una serie de cafecitos con leche *avec le petit chinois salaud*, valiente negocio".

Después de Jacksonville atracaron en Charleston, muy brevemente, en una escala donde no hubo tráfago de cajas sino puro trámite aduanal, y otra inspección a bordo en la que la enana volvió a ser el foco de atención. Los agentes, como pasaba en cada puerto, no podían creer lo que veían, y menos lo creían cuando Cristino, consciente de la admiración que su artista producía, revelaba el dato de que esa criatura que lo acompañaba no era una niña pequeña, sino una mujer de dieciocho años. Luego siguió un puerto de aire clandestino, sin población visible, que estaba situado en algún punto de la bahía de Onslow, donde un grupo de menesterosos embarcó varias cajas llenas de cerdos que chillaban, de manera escalofriante, mientras los metían a la bodega. Esa noche y durante casi todo el día siguiente estuvieron oyendo los chillidos de los cerdos que iban encerrados en la bodega y que se compaginaban, de forma casi musical, con los rechinidos de la estructura del barco y durante la noche, en el camarote de Lobatón, con la respiración agitada y los resoplidos de la enana. Del puerto en la bahía de Onslow siguieron Norfolk y Cape May, donde, para el alivio de todos, fueron descargados los cerdos. En Cape May el barco enfiló por la Bahía de Delaware

53

y comenzó a navegar río arriba hacia el interior del país. El monótono paisaje marino que los había acompañado hasta entonces cambió drásticamente, desde cubierta podía verse la orilla y algo de vida en la tierra y, por la noche, en las ventanas de las casas, se veía la lucecita de un quinqué o el resplandor anaranjado de una chimenea. La parada en New Castle no duró más de dos horas y no hubo ningún tipo de trasiego visible; se trataba, según explicó el cocinero, con quien Cristino de tanto ir y venir con pollos había trabado una especie de relación, de una parada técnica debida al intenso tráfico de barcos que estaban, a esas horas, queriendo atracar en el puerto de Filadelfia. A la altura de Chester el Philippo II ralentizó la marcha para que un miembro de la tripulación, armado con dos banderas, intercambiara mensajes con un funcionario del puerto, que también algo comunicaba con las suyas, probablemente que el río estaba despejado y que ya podían ir a atracar en su destino final, todo esto según la versión del cocinero que, como ya se preparaban para el desembarco, había cerrado la cocina y esperaba en cubierta con una maleta, vestido muy de postín y repeinado con agua, dispuesto a disfrutar de su noche en tierra, porque al día siguiente, después de las faenas de descarga y carga, emprenderían el regreso al puerto de Veracruz. Esa es la cifra de mi vida, amigo mío, le dijo el cocinero a Lobatón con cierta melancolía: Veracruz-Filadelfia, Filadelfia-Veracruz, y así hasta el infinito. En cuanto el cocinero pronunció en inglés la palabra *infinite*, la enana, que iba subida en sus cajas observándolo todo desde la barandilla, lo miró con una expresión de profunda extrañeza, como si aquella palabra le hubiera revelado algo, lo vio largamente mientras se quitaba de la cara el pelo que le revolvía un súbito y helado ventarrón, y luego regresó a acodarse a la barandilla.

Cuando llegaron al Fairmount Park, a orillas del río Schuylkill, Lobatón notó que la Exposición del Centenario estaba severamente desmantelada. De toda la superficie ocupada latía con vida apenas un veinte por ciento, y aquello parecía un signo adverso, tomando en cuenta que eran las doce del día de un sábado. Soplaba un viento helado que los puso a tiritar, eran pájaros del trópico que no estaban acostumbrados a esas temperaturas.

Veo esto medio desmantelado, dijo Cristino impresionado por la soledad de la Exposición, primero mirando a Tomasa y a Fermín, y después a la enana, que analizaba el entorno impávida, desde los brazos de su padre. Ninguno de los tres parecía alarmarse con aquello que era, desde su punto de vista, el acabose, un desastre cuya metáfora eran las cuatro maletas porque el equipaje, razona Lobatón en sus memorias, *significa que va uno a algún sitio y nosotros ya estábamos ahí, en ese sitio que no tenía pinta de ser nuestro destino*. El viento helado, que los golpeaba en la cara y se les enroscaba en las piernas con un incisivo culebreo, le pareció a Cristino, en ese momento amargo, una señal adversa.

La Exposición había sido visitada, según los datos que le había proporcionado uno de los asistentes del general Díaz, por diez millones de personas, lo cual equivalía, en ese año de 1876, al veinte por ciento de la población de Estados Unidos. A medida que se fueron internando en su vasta superficie, Cristino comenzó a hundirse, trataba de concebir alguna solución imaginativa a ese problema que lo que de verdad requería era el socorro del brazo exterior del gobierno de Porfirio Díaz, un embajador plenipotenciario que los ayudara a sortear esa situación desesperada. Pensaba en ese hipotético embajador cuando vio a lo lejos que el elemento emblemático de la Exposición, el pabellón más grande del mundo, estaba siendo desmontado por un hormiguero de trabajadores. Aquel monstruo de madera y fierro iba perdiendo pieza tras pieza, lentamente, en un destructivo goteo que pasaba frente a sus ojos, un trabajador con un panel de madera, otro con dos piezas largas de fierro, y otro más con un angelote de yeso, de pie sobre una base en la que podía leerse "Centennial Fair, 1876". Aquello era más que una confirmación del desmantelamiento que había percibido al principio, ese destructivo goteo que acababa con la Exposición representaba vivamente su propia destrucción. ¿Qué hacía él en aquella ciudad remota de Estados Unidos con un matrimonio de fantasmas y una vedet enana? Vagabundeando derrotado entre los cascotes de la gran Exposición, cuando su hundimiento emocional ya se aproximaba al colapso, divisó a lo lejos una caseta en la que había vida, y toda una zona en la periferia, sobre la rivera del Schuylkill, en la que podía verse gente entrando y saliendo de unas carpas de color azul cielo, que destacaban sobre el fondo del cielo gris de diciembre. Preguntando llegó al administrador, un hombre grueso de largos y espesos bigotes blancos que lo atendió sentado en su escritorio, y mientras Cristino iba explicando la situación en la que se encontraban, preparando el momento en el que sacaría del bolsillo la invitación del presidente de Estados Unidos, el hombre iba mirándolo a él y a Fermín y a Tomasa alternativamente hasta que fijó la vista en la maleta que estaba coronada por la vedet enana, que esperaba sentada, con una pierna cruzada elegantemente sobre la otra, a que Cristino terminara su explicación. El administrador, con un gesto creciente de asombro, abandonó su silla y se aproximó a Lucía, ignorando la explicación que Cristino trataba de articular para pronunciar, inclinado peligrosamente sobre la vedet, *outstanding*, *awsome*, *unbelivable*, y una ristra de adjetivos que terminó en un reclamo dirigido a Lobatón, que era el único que hablaba, ¿y por qué nos trae hasta ahora a esta maravilla?, dijo estirándose nerviosamente la punta izquierda del bigote. ¿Qué quiere decir usted con eso de hasta ahora?, preguntó Cristino, esperando que le respondiera lo que ya prácticamente sabía. ¿No sabe usted que la Exposición ya terminó?, dijo el administrador sin dejar de mirar a Lucía, que, perfectamente consciente de la admiración que despertaba, no solo en él sino también entre la gente que ya se arremolinaba alrededor de la maleta, cambiaba coquetamente de postura, cruzaba y descruzaba las piernas y sonreía con mucho encanto. Lobatón iba a sacarse del bolsillo la invitación del presidente, sabía que era un recurso inútil pero era el único que tenía, cuando el administrador, todavía embobado frente a la enana, preguntó ¿qué hace exactamente esta criatura? La pregunta generó una enorme expectativa entre las personas que ya llenaban la caseta y que se empujaban unas a otras para conseguir echarle un vistazo a la enanita. Cristino sintió que de la respuesta a esa pregunta dependía el destino de su viaje, que era tanto como decir su propio destino, así que procuró ser claro, y a la vez inquietar, sembrar la curiosidad alrededor de Lucía y, muy consciente de todo esto, dijo, esta señorita no necesita más que estar colocada en un sitio para atraer a una multitud, como puede usted mismo comprobar, es una de esas personas cuyo arte emana por sí solo, de manera espontánea, en realidad Lucía no necesita hacer nada, le basta con su presencia y su fulgor.

Con un potente grito que lanzó desde la ventana, el administrador mandó llamar al encargado de alojar a los artistas y le ordenó, desde la misma ventana porque la multitud que contemplaba a Lucía había colapsado la circulación dentro de la caseta, que les buscara un lugar a esos cuatro recién llegados, *a place* dijo en inglés y la amplitud del término hizo a Cristino mirar con modestia el porvenir. Se hubiera quedado más tranquilo si el hombre hubiera dicho *a house, a hotel room* o, siquiera, *an apartment*, pero la noticia de que en el Fairmount Park seguía habiendo espectáculos, y la voluntad del administrador de reclutar a Lucía para que actuara en una de sus carpas, lo hizo sentirse con fortaleza suficiente para, si hacía falta, dormir a la intemperie. Aquella llegada a destiempo a la Exposición de Filadelfia es otro de los puntos de inflexión de la historia de Cristino, o quizá sea mejor decir que fue la continuación del equívoco que produjo la invitación del presidente Grant, porque de haber llegado a tiempo a la Exposición quizá Lucía, en medio del tumulto de artistas que habían participado, no hubiera despertado la misma curiosidad, y sus actuaciones hubieran llevado el sello oficial del gobierno mexicano, hubieran sido leídas como una pieza diplomática enviada por el vecino del sur, y quién sabe si Lobatón, en esas condiciones, hubiera podido maniobrar como lo hizo.

Lucía salió de la caseta del administrador andando por su propio pie, acababa de convertirse en la estrella que sería a partir de entonces. De ese día en adelante la enana empezó a despertar una ruidosa admiración, la gente quería acercársele, deseaba intercambiar alguna palabra o regalarle algo o pedirle un autógrafo, o un lazo de su pelo, o una lentejuela de las que adornaban su vestido de diva; desde ese momento empezaría a formarse una legión de admiradores que deseaba compartir el mismo espacio, pisar el suelo que ella pisaba, cruzar una mirada, un suspiro, una exhalación con ella. Ahí empezó a comprobar Lobatón, según dice en sus memorias, que efectivamente cada minuto nace un idiota.

Ese delirio que provocaba la sola presencia de la vedet empezó precisamente ahí, en la caseta del administrador de la Exposición, ese hombre que, ya completamente prendado de la enanita, los llevó hasta el lugar donde la Exposición iba a alojarlos, que era precisamente *un lugar*, una especie de bodega que todavía no desmantelaban, pues las casas propiamente dichas ya habían sido víctimas de ese goteo, lento pero imparable, que iba desintegrando la Exposición del Centenario. Fermín y Tomasa seguían sin enterarse de nada, eligieron sus camas y se sentaron, cada uno en la suya, a contemplar el vacío. A Lobatón no le quedaba claro si realmente no se enteraban de nada, o si se hacían los despistados para que él se ocupara de todo; en cualquier caso decidió que iba a regresarlos al Agostadero en cuanto las actuaciones de la vedet cogieran cierto ritmo, pero mientras tomaba posesión de su cama cambió de idea, pensó que la enana, aunque ya era una mujer, debía tener necesidades que solo podían ser resueltas por Tomasa, y que no tenía más remedio que permanecer amarrado a ellos mientras durara ese proyecto.

Las actuaciones de Lucía en la Exposición tuvieron un éxito inmediato y rotundo. Al día siguiente, después de su primer *show*, todos los periódicos de la ciudad, y también varios de circulación nacional, celebraban la aparición de la increíble vedet liliputiense mexicana. Era verdad que el gran evento había terminado, pero en el Fairmount Park sobrevivía una activa zona de carpas que ofrecían toda clase de espectáculos, la Exposición Universal se había convertido en una feria local que funcionaría todavía durante varios años. Con la información que había de la enana en la prensa, Cristino hizo dos paquetes que envió al diputado Dehesa y al general Porfirio Díaz, contándoles del éxito del proyecto y de lo mucho que el público estadounidense amaba "a nuestra nueva gloria nacional". Omitió el detalle de que la vedet no actuaba en la Exposición Universal, sino en lo que quedaba de esta, porque consideró que era un dato que, leído en México, podía afear su triunfo y disminuir el prestigio que todo aquello le daba.

Las actuaciones de la vedet eran de una muy práctica sencillez, se reducían a su exhibición, a que el público la contemplara sentada en una maleta, como lo había hecho en la oficina del administrador.

Si aquello funcionó, había dicho el hombre del espeso bigote blanco, ¿para qué mover nada? Pero aquel espectáculo, que se mantuvo durante una semana, no dejaba satisfecha a Lucía, quien desde que había probado las mieles del escenario quería no solo exhibirse, sino también ventilar sus dotes de vedet, así que una semana después de exhibirse arriba de la maleta, cruzando y descruzando sus piernitas, luego del aplauso atronador que le brindó su público, improvisó una modesta actuación, caminando de un lado a otro del escenario, abriendo mucho los brazos, y las manos, de forma dramática, y mirando con angustia al techo, como si fuera el cielo y ella estuviera esperando la caída de un asteroide. Aquella sencilla rutina, que a Cristino le pareció de una insultante simpleza, hizo que la carpa se viniera literalmente abajo, porque de tanto contonearse el público mientras aplaudía, se hundió una parte de la tribuna, en un aparatoso accidente que no dejó ni un solo herido, pero sí un montón de notas elogiosas de periódico, que señalaban a Lucía como una vedet capaz de colapsar, con su talento, el graderío. Aquel accidente hizo considerar al administrador y a Cristino, que asimilaba rápidamente su papel de *manager*, que al triunfo meteórico de la enana correspondía una reacción también meteórica en el terreno de la producción, y a partir del día siguiente mudaron el espectáculo a una carpa más grande, y los carpinteros se pusieron a trabajar en un juego de muebles a escala liliputiense, una mesita con sillitas, una camita y un espejito para que Lucía pudiera hacer como que se maquillaba. Una semana más tarde

Lucía contaba con un plató, en el que representaba una cotidianidad teatralizada, con un pianista que aparecía al final del *show*, cuando ella ejecutaba un largo vals en solitario rumbo a las bambalinas. En tres semanas, no más, Lucía se había convertido en la diva más célebre de Estados Unidos.

Con la ampliación de la carpa y el rediseño del escenario en el que actuaba Lucía, vino un cambio del lugar en el que vivían. El administrador apareció un día y los llevó a una casita que había sobrevivido el desmantelamiento en la orilla del río Schuylkill, en la que había cuatro habitaciones y unas áreas comunes muy amplias que, para alivio de Cristino, diluían la presencia plomiza del matrimonio Zárate. También hubo que firmar un acuerdo económico, pues aquello que había empezado como una atracción excéntrica patrocinada por la Exposición, se había convertido rápidamente en un negocio redondo y lo justo era que la vedet y su *manager* recibieran cada uno su parte proporcional, dijo Lobatón al administrador. En la bitácora donde llevaba sus cuentas se pueden comprobar los detalles del reparto; él cobraba el ochenta por ciento y daba el veinte a los Zárate, y para justificar ese ventajoso porcentaje, anotaba consignas acomodaticias, ideas que buscaban paliar esa desproporción, *¿Dónde estaría Lucía sin mi ayuda? Sin mi esfuerzo Fermín y Tomasa estarían pudriéndose en El Agostadero; yo fui, indirectamente, el que puso al General Díaz a sus pies.* Desde esos momentos fundacionales de la enorme fortuna que iba a hacer Lobatón, se ve que la enana era para él un vehículo, el instrumento que necesitaba para instalarse en ese país que estaba lleno de oportunidades. A la luz de esta puntualización no puede obviarse que el carácter y la personalidad de Lucía, su silencio, su pasividad, esa abulia que había heredado de sus padres, le iban a Lobatón como anillo al dedo, y quizá no sea tan raro que pensara que merecía el ochenta por ciento de las ganancias, porque de lo que no había ninguna duda era de que sin él la enana, efectivamente, jamás habría salido de su pueblo.

En cuatro semanas quedaron establecidas las bases de esa compañía, digamos, teatral; todo sucedía a gran velocidad y, antes de dejar Filadelfia, Cristino tuvo que solicitar los servicios de un banco y asociarse con un célebre empresario del espectáculo que, inquietado por todo lo que se decía en la prensa de la vedet, viajó a la ciudad para verla, para convencerse de que aquella liliputiense mexicana era una mina de oro.

El empresario que viajó a Filadelfia para ver a Lucía con sus propios ojos se llamaba Frank Orbison, estaba asociado con P. T. Barnum, el amo del *freak show*, y era un verdadero tigre en su quehacer. Durante casi medio siglo Frank representó a los artistas más excéntricos y más taquilleros de Estados Unidos, tenía un olfato que volvía locos a sus competidores, y un *timing* endemoniado que le permitía ir sustituyendo a un artista acabado, o muerto, por un recambio todavía más competente. Orbison había pasado, por decirlo rápidamente, del General Tom Thumb al enano Champolión, y precisamente cuando Champolión, un liliputiense ligeramente más alto y pesado que Lucía, entraba en su fase de decadencia artística, Frank Orbison había localizado a la diva mexicana.

Como el General Tom Thumb aparecerá más adelante en esta historia, voy a hacer un breve apunte biográfico. A los cinco años de edad aquel enano carismático ya había sido reclutado por el *freak show* de P. T. Barnum para ejecutar dos sencillos papeles que durante mucho tiempo lo situaron como el monarca del espectáculo. Uno era aparecer en escena vestido de Hércules y el otro era pavonearse disfrazado de Napoleón, eso era todo. Había entrado a trabajar en el *freak show* alquilado por sus codiciosos padres y, como su caracterización del emperador francés incluía un puro humeante, se fue aficionando a fumar. Cuando tenía nueve años, ya no había un minuto del día en el que no tuviera un puro en la mano. Incluso su actuación de Hércules, que argumentalmente no resistía la presencia de un puro humeante, tuvo que modificarse, y en lugar de presentarlo en el habitual campo de batalla de cartón piedra, tuvieron que diseñarle una suerte de taberna con un banquito, una mesita y una garrafita de vino que muy pronto se convirtió en otro problema. Lo de la taberna era un recurso inconsistente que él mismo había sugerido, pero para esas alturas Tom Thumb ya era una verdadera estrella, él solo con sus sencillas actuaciones producía la mayoría de las ganancias del *freak show* y, siempre que se cuestionaban sus ideas, su actitud o sus crecientes vicios, amagaba con renunciar. La garrafita de vino, que durante las primeras actuaciones de Hércules era solo parte del *atrezzo*, se convirtió en el elemento principal, no solo de ese segmento histriónico, en el que el hijo de Júpiter, completamente entregado a la improvisación, sostenía con una mano el puro y con otra la garrafita, sino que muy pronto el vino pasó también al acto de Napoleón. El rigor histórico, como puede verse, pesaba menos que esos caprichos del exitoso enano, que lo volvieron todavía más famoso. Hay un artículo del *New York Daily* que encontré en la hemeroteca que ilustra muy bien aquella etapa, se titula *The Drunk Midget* (el enano borrachín), y es un encendido elogio de sus actuaciones que, con el acicate del vino, se habían vuelto estupendas, habían convertido al enano en un General locuaz, dado a las parrafadas y a los discursos patrióticos, y a unas delirantes hipérboles en las que asociaba la Grecia de Hércules y la Francia imperial de Napoleón con la floreciente nación de los Estados Unidos. El caso es que el vino fue pasando, igual que los puros, al camerino, al comedor, a su habitación y a cualquier sitio donde iba el enano, por ejemplo, cuando hacían visitas de carácter social, a un hospital o a un orfanatorio, o a una embajada o a la oficina de un político, el General Tom Thumb llevaba un asistente, de talla normal, que se encargaba de aplacar su interminable sed cada vez que le tronaba los dedos. A los once años de edad al General se le diagnosticó un alcoholismo rampante, que él fue sobrellevando, más o menos con dignidad, a lo largo de su vida. Los retratos que le hicieron a esa edad muestran cómo, aunque era apenas un niño, tenía la cara abotargada, bolsas debajo de los ojos y gesto de estar purgando una resaca escandalosa. A los veinticinco años el General Tom Thumb se casó con Lavinia Warren, otra enana que también actuaba en el *freak show* de P. T. Barnum, y la noticia de la boda apareció en los principales periódicos del mundo, más que nada porque después de la ceremonia la pareja fue recibida en la Casa Blanca por el presidente Abraham Lincoln. Hasta aquí el apunte y ahora retomo el hilo de la historia.

Frank Orbison y Cristino Lobatón se pusieron de acuerdo inmediatamente. Las actuaciones de Lucía en Filadelfia eran un éxito, la gente se peleaba por conseguir un asiento para contemplar a la diva, durante quince minutos, en la secuencia de posturas displicentes que había aprendido, manipulando el instrumental y los cacharros de su cocinita de ficción y en el valseo más bien cursilón que había establecido como final de su espectáculo.

En Filadelfia estaba todo hecho y era momento de moverse, así lo dictaminó Frank Orbison, y Cristino, que actuaba por puro instinto, preguntó algunas cosas y objetó otras con mucha seriedad. Al instinto de Cristino algo le ayudaba su experiencia en la política municipal, estaba medianamente fogueado en una gran variedad de negociaciones, de hecho todavía pensaba, mientras articulaba el negocio con Orbison, que su destino era ser político en México, que aquello de la farándula era una misión con un límite de tiempo bien determinado. Todavía creía, como afirma en sus memorias, que en unos meses estaría de vuelta en El Agostadero, con el capital diplomático de haber encumbrado a la vedet mexicana en Estados Unidos, y una buena cantidad de dinero que le permitiría lanzar su carrera hacia un nivel superior en el intricado organigrama de la política nacional.

Frank Orbison pasó a recogerlos en un coche que dejó boquiabiertas a todas las personas que esperaban, en la colina o del otro lado del río, a que la diva saliera de su casa. El hermoso coche, tirado por cuatro caballos, era la confirmación de esa grandeza que la enana y su *manager* habían estrenado en Filadelfia.

Mientras el cochero acomodaba las maletas y las ajustaba al pescante con una gruesa correa de cuero, Cristino calculó que a una velocidad promedio de quince kilómetros por hora, harían en diez horas los ciento cincuenta kilómetros que había hasta Nueva York. Llegaremos de madrugada, dijo a Frank Orbison, para tantear si pensaba hacer el viaje de corrido, y este le contestó que el coche, como podría comprobar inmediatamente, era sumamente cómodo y que podrían dormir confortablemente en cuanto se hiciera de noche. Cristino llevaba rato observando disimuladamente las prendas que vestía Orbison, el abrigo, el chaqué, el excelso corbatón, la leontina, los guantes y el sombrero, un ajuar que tenía, más o menos, las mismas piezas que el suyo y que, sin embargo, era radicalmente distinto; había profundas diferencias entre las prendas que le había conseguido Ly-Yu en su almacén del puerto de Veracruz y las de su nuevo socio, que debían estar confeccionadas a medida por el mejor sastre de Nueva York, o de Londres o París, porque se veía que Orbison era uno de esos caballeros cosmopolitas que tenía siempre acceso a lo mejor, en cualquier parte del mundo. Aquel sofisticado atuendo hacía repelente el suyo y el cuidado bigote de impecables puntas que lucía Orbison hizo a Cristino agradecer que el día anterior, en un momento de clarividente autocrítica, se había afeitado el suyo porque de pronto, al mirarse en el espejo, ese esmirriado apéndice que venía arrastrando desde El Agostadero, le había parecido un complemento abominable.

Cristino fue el primero en abordar el coche y también el primero en darse cuenta de que no viajarían solos. En uno de los asientos estaba sentado el enano que acompañaría a Lucía en escena a partir de entonces, no el General Tom Thumb, de quien se hizo más arriba un breve apunte biográfico, sino el enano Champolión, un hombrecito diminuto que lo miró con hostilidad durante un instante y luego clavó sus ojos al frente, hacia el camino, con visible impaciencia, molesto porque el coche tardaba demasiado en ponerse en marcha por culpa de esos extranjeros que no se decidían a abordar. He pensado que sería buena idea que se vayan conociendo, dijo Orbison a manera de explicación, y luego, como era un hombre muy largo, se acomodó junto al cochero para poder estirar bien las piernas y dejó a Lobatón y a los Zárate a merced de la manifiesta hostilidad del enano.

Champolión era, igual que Lucía, un liliputiense perfectamente proporcionado; tenía diecinueve años cuando hicieron aquel viaje de Filadelfia a Nueva York, había solo un año de diferencia entre los dos, y la marcada cercanía de las edades terminaría en una boda que Lobatón no supo vaticinar ni entonces ni más adelante, cuando ya estaba muy cantada. En ese momento Cristino trataba de ignorar la hostilidad que el enano transmitía con ruidosos resoplidos y con unas esporádicas miraditas asesinas, mientras pensaba en la desgraciada coincidencia fonética que tenía el nombre Champolión con el apellido Lobatón.

Frank Orbison iba estirado junto al cochero con los pies colgándole del pescante, se había quitado el sombrero y su cabeza, sin la ilusión que procuraba el aditamento, parecía demasiado pequeña. ¿Por qué me mira con ese rencor el enano? preguntó Cristino a Orbison en una parada que hicieron en Levittown, para comer y estirar las piernas, y para que los caballos bebieran y descansaran un poco. No lo mira con rencor, lo mira como miran los enanos, le respondió Orbison que, después de trabajar varias décadas con el General Tom Thumb y con toda una pléyade de artistas similares, era un experto en el tema. Luego, mientras esperaban a que el dueño de la fonda preparara el pollo para Lucía, Orbison se explayó diciendo que ese aparente rencor con el que miraban los enanos venía de su estatura, porque al mirar desde muy abajo sus ojos adquirían un ángulo muy agresivo, parecía que lo quisieran matar a uno pero la realidad es que miran así por naturaleza, dijo Orbison. Como el pollo tardaba más de la cuenta porque habían tenido que ir a buscarlo a Tullytown, cerca de un meandro que hacía el río Delaware, Orbison aprovechó para advertirle que el General Tom Thumb, a quien verían nada más llegar a Nueva York, tenía una mirada que helaba la sangre, pues, al ser ligeramente más alto que Champolión, lanzaba sus ojos desde un ángulo todavía más pernicioso. Cuando por fin llegó el pollo el enano Champolión se quejó ruidosamente, dijo que él era un hombre de carne, de carne vacuna y no de aves de corral, y que aquello estaba bien para la niña, dijo señalando a Lucía, pero que él quería, exigía un buen filete o, de lo contrario, no se subiría en el coche ni volvería a Nueva York. Cristino, acostumbrado al silencio permanente de Lucía y a su disposición neutra ante todo lo que hubiera que hacer, no podía creer lo que decía el enano, ni atinaba a digerir su oscuro vozarrón ni la amenazante energía que desplegaba al decirlo, una energía que atemorizaba hasta al cochero, que era un hombre sumamente grande que, en condiciones normales, no podía temer los desplantes de una criatura furibunda de esas dimensiones. Orbison invitó al enano Champolión a resolver aquella dificultad unos metros más allá de la mesa, en un espeso bosquecillo que serviría de pantalla para lo que tenían que decirse, que era mucho al parecer, pues durante cerca de quince minutos se oyó la voz conciliadora de Orbison tratando de hacer entrar en razón a su artista, que no hacía más que gritar, con ese desconcertante vozarrón, que él no iba comer el alimento de la niña, ese *girlish food* que le querían imponer, y que si no le daban un buen trozo de vaca en ese mismo instante, no subiría al coche. El vozarrón del enano, que salía con gran potencia del tupido bosquecillo, atemorizaba a la gente que pasaba por ahí, y a otros clientes de la fonda que se imaginaban que los gritos eran de un ogro y no de un liliputiense que estaba haciendo una pataleta. Quince minutos más tarde, Orbison y el enano regresaron a la mesa, Champolión con los ojos llorosos y bien dispuesto a compartir el pollo con Lucía, y después a subirse de buena gana al coche con rumbo a Nueva York. ¿Cómo logró eso? le preguntó Cristino, legítimamente preocupado porque era su primer encuentro con el talante artístico, con el temperamento volátil de las estrellas del espectáculo, un factor que no había calculado y que a partir de entonces, puesto que se había comprometido a trabajar con esa compañía, prometía convertirse en parte de la rutina. Le dije que si no se callaba inmediatamente y se comía ese pollo, llegando a Nueva York lo iba a poner a dormir con el General Tom Thumb y aquello lo aterrorizó, nunca falla, le dijo Orbison con una maliciosa sonrisa de empresario experimentado.

A Lobatón no le había gustado nada lo que había pasado ahí, pensó que probablemente había cometido un error, que deberían haberse quedado en Filadelfia, triunfando a ese nivel que ya era de por sí desmesurado para una artista enana, mexicana y desconocida, y para un *manager* como él, que era en realidad un político veracruzano de tercer nivel, pero antes de que cuajara ese pensamiento ya estaba pensando otra cosa, regresaba a su idea de que para que las cosas sucedieran era necesario hacer que sucedieran, y quedarse en Filadelfia era esperar a que el destino le resolviera la vida y él no había dejado su pueblo y su país para sentarse a esperar. Quisiera llevar yo las riendas un rato, dijo Cristino al cochero en cuanto se disponían a reemprender el viaje, y luego lo invitó a ocupar su lugar junto

al enano Champolión, una perspectiva que al cochero no le hizo ninguna gracia porque, como era
muy grande, tuvo ciertas dificultades para acomodarse. Frank Orbison se le quedó mirando diver-
tido mientras Lobatón tiraba un potente latigazo a
la grupa del primer caballo. Su historial campesino,
de hombre acostumbrado a lidiar con los animales,
obraba por primera vez a su favor. Lo primero que
vamos a hacer llegando a Nueva York es conseguirle
un abrigo más digno, dijo Orbison mientras sentía
con los dedos el paño burdo que resguardaba a su
nuevo socio del frío.

Una hora más tarde el cochero exigió regresar a su sitio. Cristino, que iba asumiendo paulatinamente su estatus de empresario, es decir de hombre que manda dentro de un microcosmos, le dijo que no, que lo dejara un poco más, a pesar de que el frío, que en ese asiento lo golpeaba de lleno, había traspasado la piel de los guantes que le había conseguido Ly-Yu en Veracruz, y le adormecía las manos. Su desempeño era impecable, y su posición en la punta del coche sumamente conveniente, porque le evitaba cualquier tipo de contacto con el enano Champolión, y alguna mirada torva que quisieran lanzarle Tomasa o Fermín. Iba muy concentrado en el camino, en esa carretera flanqueada por un espeso bosque de pinos azules, medio cubiertos por una niebla espectral, de donde salían de pronto el ulular de un búho o el gruñido de un oso gris, cuando lograban imponerse al ruido que hacían los muelles del coche y los cascos de los caballos. Lobatón se sentía fuertemente atraído por esa naturaleza salvaje, por ese bosque tupido, azul e interminable que era completamente desconocido para él; era una criatura viva y palpitante que, a diferencia de la selva veracruzana, que crecía sin ton ni son y se iba enredando sobre sí misma, mantenía un orden vertical que lo hacía sentirse como dentro de un templo. A Frank Orbison no le gustó que Cristino se negara a ceder las riendas, le hizo ver que el cochero debía regresar a su sitio y él al suyo porque muy pronto empezarían las curvas y las zonas escarpadas, y aquella parte era mejor pasarla con alguien más experimentado. Así que pararon a la orilla del camino para efectuar el intercambio de posiciones, y de paso estirar un poco las piernas y aliviar alguna necesidad. Tomasa preguntó a Lucía que si necesitaba *desaguar*, así lo anota textualmente Lobatón, y al no recibir respuesta bajó ella misma a hacer lo propio, seguida por la mirada opaca de Fermín, por unos ojos donde lo mismo cabía un ardiente deseo que un profundo desprecio. Hasta ese momento Lobatón no había sido capaz de descifrar si Fermín amaba u odiaba a su mujer, si odiaba o amaba a su hija, ni si de verdad lo odiaba a él, como indicaban sus miradas y su agresiva pasividad. Tomasa se internó entre los pinos para orinar en la intimidad y en cuanto desapareció, el enano Champolión saltó del coche y se puso a seguirle el rastro, muy tenso y concentrado, como un animal rapaz. Pero ¿a dónde va el enano?, preguntó Cristino a Orbison que, sin moverse de su asiento, aprovechaba la pausa en el viaje para encender un largo puro. No se preocupe, ya regresará, dijo tranquilamente y sin perder la elegancia a pesar de que estaba medio recostado en su asiento, de que las piernas le sobresalían del coche y la cola del caballo que tenía delante rozaba cómicamente las puntas de sus lustrosos botines. Pero Cristino acababa de ser testigo de la tensión y de la concentración del enano, de su espectro rapaz, y prefirió ir a enterarse de sus intenciones, porque cualquier cosa que le pasara a Tomasa repercutiría inevitablemente en él. A nadie parecía importarle lo que pudiera hacer Champolión, ni a Fermín le preocupaba lo que pasara con Tomasa ni tampoco a Lucía, que miraba fijamente un árbol sin enterarse de lo que sucedía a su alrededor, el caso es que lo que vio Lobatón en cuanto se internó entre los árboles le preocupó. El enano se había apostado a unos cuantos pasos de donde estaba Tomasa, orinando con su gran trasero al aire; la espiaba descaradamente, incluso hubo un momento, cuando Tomasa forcejeaba con la falda que se le enredaba con los flecos del jorongo, en que se puso de puntillas para no perder detalle y comenzó a sacudirse el miembro que ya llevaba al aire. Cristino iba a llamarle la atención, por estar meneándosela a expensas de la madre de su artista, cuando Tomasa lo miro a él con una ardiente complicidad, como si hubiera estado ahí también para espiarla y no para protegerla de la lubricidad desatada de Champolión, que en ese momento, con un breve y oscuro gemido, terminaba de aliviarse.

Cristino hizo el resto del viaje en su asiento original, Lucía iba acurrucada en el regazo de Fermín y el enano, que iba junto a él, se fue quedando dormido y poco a poco, ayudado por el bamboleo que imponía en el coche el paso de los caballos, le fue cayendo encima, como atraído por una irresistible fuerza gravitatoria. A pesar de la repulsión que Champolión le inspiraba, no tuvo más remedio que permitir que se le durmiera encima el resto del viaje, no había espacio suficiente para evitarlo y así se tuvo que ir hasta que el cochero detuvo los caballos en Broadway, frente a una casa cochambrosa de tres plantas.

Los caballos resoplaron y liberaron por el hocico un espeso vaho que alumbró la lámpara de queroseno que colgaba del cabezal. Ya estamos aquí, dijo Frank Orbison desperezándose, antes de bajar a tierra de un brinco enérgico. A Lobatón le sorprendió que después de la paliza que suponían las diez horas de viaje, la ropa de aquel hombre estuviera impecable, parecía que acababa de sacar del armario el chaqué y el abrigo que había llevado puestos todo el día. A esas horas la calle tenía una vida que a Cristino le pareció excesiva, gente deambulando, un grupo de hombres de boina y abrigos andrajosos alrededor de un cazo con fuego, dos señoras con vestidos amplios, uno rojo y otro verde, que fumaban unos cigarros largos mientras miraban con saña a los pasajeros del coche que acababa de llegar. La vida en Broadway a esas horas de la madrugada le parecía excesiva, porque su mundo se limitaba al Agostadero y al puerto de Veracruz, y encima tampoco le gustó la casa oscura y cubierta de hollín en la que Orbison los iba a hospedar, le pareció una casa impropia de ese caballero tan elegante. Al pasar de los días vería que la casa ni era tan fea ni el barrio tan siniestro, pero esa primera noche el contraste no ayudaba, venían de un bosque de pinos azules, de una casa junto al río Schuylkill y aquello lo hacía ver Manhattan como una ciudad apretada y sombría que olía a humo, a orines y a basura.

Dentro de la casa de Orbison reinaba la oscuridad. Subieron el equipaje por una escalera estrecha siguiendo la luz de una vela que sujetaba el enano Champolión. Tomasa subió cargando dos maletas y aprovechó para bambolear vigorosamente el trasero al tiempo que le lanzaba a Cristino miradas cargadas de significado que él, que iba detrás cargando otras dos maletas, se vio obligado a esquivar. Fermín subía detrás con la vedet en brazos. Mientras se esforzaba por esquivar los ojitos de Tomasa, Cristino pensó, y así lo escribe, *en la particularidad de que la única vía por la que se expresaba esa mujer era su trasero, porque en las últimas seis horas la había visto yo promocionarlo en el bosque y ahí mismo subiendo la escalera.* ¿Expresarse por el trasero?, ¿promocionarlo? Esta particularidad que nos hace notar, y que parece solo un apunte pedestre y prescindible, incluso vulgar, tiene que ver con esa misteriosa percepción que Cristino tenía del sexo opuesto, que más adelante constituirá uno de los puntos brumosos, quizá hasta oscuros, de su biografía. Pero no adelantemos acontecimientos y sigamos en el orden que proponen sus memorias.

Orbison colocó a Cristino en una espaciosa habitación que estaba al lado de la suya y luego condujo al matrimonio Zárate a una especie de trastero que estaba en el fondo de la cocina, y cuando iba a llevar a la enana a la habitación que le correspondía, ella se negó a abandonar los brazos de Fermín y Orbison decidió que esa noche podía pasarla ahí, con sus padres, dormida, es de suponer, en su habitual jergón en el suelo.

En el centro de la cocina, sentado en la mesa a la luz de un quinqué, lo observaba todo, con una cara de hastío que ponía los pelos de punta, un enano vetusto un poco más alto que Champolión, vestido de calzoncillos y camiseta sin mangas, que fumaba compulsivamente un purete y bebía vino sin tregua de una garrafita. El General Tom Thumb, dijo Orbison señalando con un dedo despectivo al escalofriante enano. Tom Thumb era solo el aperitivo de lo que verían a la mañana siguiente, cuando saliera el sol y se encontraran de golpe conviviendo en el mismo espacio con la aristocracia del *freak show* de P. T. Barnum.

A los 18 años de edad, Phineas Taylor Barnum tenía montado un próspero negocio en su ciudad natal, Bethel, Connecticut. El negocio era una tienda en la que se vendía absolutamente todo, herramientas, verdura, abono para el campo, materiales para la construcción, ropa, bebidas alcohólicas y caramelos para los niños. Todo podía comprarse en la tienda del joven Barnum que, vista en retrospectiva, era la matriz de lo que serían sus negocios en el futuro: una mezcolanza indiscriminada de elementos. Pero P. T. lo que quería era hacerse muy rico y las tiendas, como bien se sabe, requieren de mucha inversión de tiempo y de dinero, y P. T., a los diecinueve años, no estaba ya para negocitos y había puesto los ojos en negocios más rentables, como las apuestas o el cabaret y el burlesque, que eran actividades poco toleradas en Connecticut. Con el dinero que dejaba la tienda P. T. fundó un periódico, *The Herald of Freedom* (1829), que escribía él mismo casi en su totalidad y cuya línea informativa era el torpedeo sistemático a la rígida moral calvinista que imperaba en su comarca. Durante un lustro se dedicó a este torpedeo y a ganar dinero a raudales con sus dos exitosos negocios. Pero un día decidió que había que triunfar en una ciudad importante y no en un pueblo mojigato como Bethel, Connecticut, así que traspasó la tienda, nombró un administrador del *Herald of Freedom* y se instaló en Nueva York (1834), con la inquietud urgente de montar un *freak show*, un espectáculo de fenómenos como los que triunfaban entonces en la Inglaterra victoriana. Los estadounidenses eran más moralistas que los ingleses, pero P. T. calculó que sus paisanos no iban a resistirse a un *freak show* impecablemente montado, así que compró un edificio en Broadway, le hizo las reformas pertinentes y después compró, alquiló o sedujo a las criaturas que hacían falta para reproducir en Nueva York aquel exitoso teatro victoriano. Pronto inauguró un complejo escénico que bautizó como El Gran Teatro Científico y Musical de Barnum. El teatro tenía un escenario con patio de butacas, una sala de exhibición en donde se apostaban, o deambulaban por ahí, los artistas más aclamados, y un museo con piezas significativas, como El Gigante de Cardiff, La Sirena Fejee o el esqueleto del elefante Jumbo, que completaban la experiencia de los asistentes. En el escenario y en la sala de exhibición se iban alternando los elementos de la compañía artística, que estaba compuesta exclusivamente de personas con malformaciones genéticas, gente con hirsutismo, enanos, gigantes, policefálicos, andróginos, albinos, siameses, transexuales, obesos mórbidos y un hombre con elefantiasis que fue la sensación durante una década hasta que murió de asfixia por quedarse dormido con su enorme cabeza puesta en una posición comprometida. Aquel hombre fue la inspiración de John

Merrick, el "hombre elefante" más famoso de todos los tiempos, que se exhibió en los circos de Inglaterra con un éxito sin precedentes. Doce años más tarde, en 1846, el teatro de P. T. Barnum, conocido entre la gente como La Casa de los Horrores, recibía cuatrocientos mil visitantes al año, mil trescientos, más o menos, cada día, y aquella cifra, traducida en dólares, hizo de P. T. Barnum el segundo hombre más rico de Estados Unidos. La estrella de aquel teatro, en aquella época de imparable bonanza, era el General Tom Thumb.

El escritor Henry James, que estuvo en el Teatro de Barnum, recordaba el edificio como una serie de *dusty halls of humbug*, de salones polvosos y fraudulentos, y probablemente tenía razón pues a los enanos, gigantes, macrocefálicos e hirsutos que iban y venían por el Teatro, se añadían las piezas del museo que se mencionaron anteriormente, como El Gigante de Cardiff, que era el fósil de un hombre muy largo y muy bien conservado, que tenía la mano en el vientre, como si hubiera muerto de un dolor punzante en las tripas, y el cuerpo torcido y en actitud de estar resistiendo precisamente ese dolor. Debajo de la mano con que se tocaba el vientre dolorido, se alcanzaba a asomar un enorme órgano sexual, enorme incluso si se tomaban en cuenta el resto de los componentes del gigante; era un sexo enorme y lucrativo pues, según aseguraba P. T., esa era la parte del fósil que verdaderamente atraía a las multitudes. Lo de las multitudes era rigurosamente la verdad, pues los tres días a la semana que se exhibían el gigante y su gran órgano, el número de visitantes pasaba de mil trescientos a tres mil. Además en el museo se exhibía la Sirena de Fejee, una auténtica sirena disecada que Barnum había comprado, según contaba, al Museo de Historia Natural de Londres, y que más que sirena parecía un pescado con la cabeza de un mono. Al lado de la sirena comparecía, sentada en un sillón, Joyce Heth, una viejecita ciega e inmóvil, que tenía ciento sesenta años y la particularidad de haber sido la enfermera de George Washington. A la entrada del museo recibía a los curiosos un mono contrahecho que, según explicaba el folleto que repartía él mismo, era el original y auténtico eslabón perdido de Charles Darwin. ¿Cómo consiguió P. T. Barnum juntar a todos esos prodigios en su museo? Muy fácil: la mayoría eran falsos, él se los había inventado, el eslabón perdido era un macaco artrítico y vulgar que había comprado al zoológico de Miami, la enfermera de Washington no tenía ciento sesenta años sino ochenta, aunque sí era verdad que estaba ciega y paralítica; la Sirena de Fejee era un monigote que desde luego no tenía relación con el museo inglés y El Gigante de Cardiff era la copia de otro fósil que efectivamente había aparecido en esa época, debajo de una gran piedra, y que se exhibía, como "el original y auténtico gigante" en un museo regional que nadie visitaba. Los responsables de aquel museo iniciaron una batalla legal contra el gigante fraudulento de P. T. y al poco tiempo el tiro les salió por la culata, pues los análisis pertinentes demostraron que el fósil original del Gigante de Cardiff también era falso, era la invención de un antropólogo que, por hacerse el gracioso, sembró esa pista que durante varios meses había tenido a sus colegas descolocados. P. T., como puede adivinarse, no solo salió airoso de aquel sonado litigio, sino que, al falsear una pieza falsa, situaba a su colección, de piezas rigurosamente falsificadas, en un territorio ambiguo en el que lo mismo podía haber piezas verdaderas, ¿o no había ganado ya un litigio en el que lo acusaban de haber falsificado una pieza? La opinión pública revaloró la figura de P. T. después de aquel incidente legal, y uno de los abogados, David Hannum, en un momento en el que quiso sintetizar el credo de Barnum, su línea maestra y su modus operandi, dijo aquella frase que inmediatamente se convertiría en un sonado eslogan: *there's a sucker born every minute*, cada minuto nace un idiota, una frase que dijo Hannum, según demuestra el acta del secretario que anotaba los parlamentos del juicio, pero que la ciudadanía adjudicó a P. T. Barnum, apegándose estrictamente a su tumultuoso historial, y P. T., con su habitual lucidez, no se molestó en corregir el malentendido, pues era un maestro en darle la vuelta a las situaciones adversas; ni la pieza era auténtica ni la frase era suya, pero al final se había quedado con las dos.

A la mañana siguiente Cristino y los Zárate vieron a la fauna que vivía en casa de Frank Orbison en todo su esplendor. Coincidieron apretujados codo contra codo en la mesa que había en la cocina, donde la noche anterior el enano Tom Thumb fumaba y libaba copiosamente. Contemplaban todos en un silencio artificioso, obviamente impuesto por el desconcierto que provocaba la irrupción de los forasteros, a una mujer alta, elegante e hirsuta que preparaba las tandas de *pancakes* que iban a desayunar. Estaban Frank Orbison y Cristino Lobatón con Lucía y sus padres, más los dos enanos, Tom Thumb y Champolión, la enana Lavinia Warren y unos hermanos siameses que habían llegado de Italia y no hablaban más que el dialecto de su pueblo. Todos, excepto Frank y Lobatón, que ya habían pasado por el baño, estaban recién levantados de sus camas, con sus ropas de dormir, las cabelleras revueltas, manchas de saliva seca en los alrededores de la boca y un hambre que se transparentaba en la mirada. Los olores del tumulto que esperaba en la mesa producían una atmósfera poco menos que asfixiante, olía a noche fermentada, a sabanuco, a babas y al vaho alcohólico y a las fétidas tinieblas de los puros que fumaba Tom Thumb sin tregua mientras esperaba sus *pancakes* en la misma silla y con la misma ropa interior que le habían visto en la noche, antes de irse a dormir. En cambio y como contraste, Cristino se había dado ya un gratificante baño, se había cambiado la camisa y vestido con el mismo atuendo que le había conseguido Ly-Yu en Veracruz. Después del desayuno asistiría a su primera cita con P. T. Barnum y lamentaba hacerlo con esa triste indumentaria. De acuerdo con lo que le había dicho Frank, el amo del *freak show* deseaba conocer a Lucía Zárate, ansiaba comenzar a trabajar con la mujer más pequeña del mundo. Orbison comparecía elegantemente vestido en medio de aquella pestilencia, con el pelo húmedo y acomodado hacia atrás, y el bigote encerado y perfectamente puntiagudo. Poco a poco el silencio en la mesa se fue resquebrajando, el General Thumb Tom dijo una patochada que hizo reír a los siameses italianos, que por cierto no entendían ni una palabra de inglés, y a la mujer hirsuta lanzar una virulenta reprimenda que le salió en un impecable español del Caribe: lo mejor es que se calle usted el pico, enanito mierderón, le dijo e, inmediatamente después sirvió una torre de *pancakes* en el centro de la mesa que fue atacada de manera vandálica por los enanos, que cogían las piezas a mano limpia, y por los siameses, que tiraban picotazos, cada uno con su propio tenedor, con la mano que le tocaba a cada uno gobernar. Lobatón hacía lo que veía a Frank hacer, o sea nada, ignorar el caos que bullía a su alrededor, esperar aquello que al final fue un plato individualizado que les puso enfrente la mujer hirsuta antes de sentarse, ella misma con su plato bien servido, en el único hueco libre que había en la mesa. Al verla de frente Cristino se quedó petrificado, nunca había visto una mujer con tanto pelo, y de esa mesa en donde abundaba la anormalidad, ella fue la que más lo impresionó. La glucosa de la miel que llevaban los *pancakes* pronto desató un vocerío a tres bandas, que en realidad serían cuatro, entre los enanos y los siameses italianos, contrapunteada por las reprimendas de la mujer hirsuta, que era, desde entonces le quedó muy claro, la autoridad visible en esa casa. Lucía desde luego no participaba, estaba abstraída en sus pensamientos mientras su padre y su madre trataban, con un impráctico desgano, de pescar en la rebatinga algún *pancake*. Para Lobatón era interesante ver por primera vez a Lucía sentada a una mesa con sus pares, con gente de su tamaño y condición, y así se lo hizo saber a Orbison, su par en esa mesa, elevando un poco la voz para que se le oyera por encima de la escandalera. Orbison asintió sin ponerle mucha atención y después le dijo que en media hora tenían que salir rumbo al teatro de P. T. Barnum. *THE theater?* preguntó Cristino acentuando el artículo, porque ya a esas alturas le interesaba mucho e incluso le hacía ilusión conocer el templo del *freak show*, sumergirse de lleno en *the whole thing*, le dijo a Orbison, y este volvió a asentir con una parquedad que no cuadraba con el hombre, muy interesado en negociar con él, que había ido a verlo a Filadelfia. Lobatón dijo que Lucía y él estarían listos en media hora y añadió, porque pensó que eso era lo más conveniente, que Tomasa y Fermín no iban a acompañarlos, que sería mejor para todos si se quedaban retozando el día entero en su habitáculo detrás de la cocina. La mujer hirsuta desayunaba frente a él, llevaba un batín blanco con flores lilas sumamente femenino, que contrastaba con los pelos que le crecían en los dedos de las manos, y con el mechón negro que le salía por encima del último botón. Mientras batallaba contra el poderoso magnetismo que la hirsuta ejercía sobre él, Lobatón iba desayunando acompasadamente, imitando con disimulo los movimientos de Frank Orbison, que se llevaba a la boca elegantes pedacitos de *pancake*, inmune al escándalo, como si estuviera solo en un espacioso comedor, y mientras trataba de imitarlo pensó que, aun cuando no poseía ni su porte ni su altura, iba a copiarle su vestuario, su peinado hacia atrás y además iba a dejarse crecer nuevamente el bigote para ponerle cera en las puntas. Según Lobatón, fue esa mañana, en esa mesa de artistas maleducados y estrambóticos, en medio de ese alboroto en el que abundaban los gritos, los tenedorazos y los malos modos, cuando se desenganchó de su carrera política y le dio la bienvenida a su siguiente metamorfosis.

P. T. Barnum los recibió en su oficina en mangas de camisa y un poco distraído porque estaba coordinando la entrega de unos ejemplares para su acuario. Había añadido a su célebre teatro de Broadway, al templo nacional de los *freaks*, un tremendo galerón que cubría una enorme piscina, con una serie de ventanucos a los lados para que los visitantes vieran, con sus propios ojos y sin más intermediario que un vidrio grueso, el asombroso discurrir de la vida marina. En esa zona de Nueva York no había ningún acuario y él, que se sentía llamado a hacer de cualquier negocio una proeza, estaba decidido a terminar con esa carencia. En cuanto entraron a su oficina, P. T. se puso de pie y Lobatón sintió por ese hombre una empatía instantánea; era ventrudo, paticorto y desaliñado, precisamente lo contrario de Frank Orbison, que era muy alto y exageradamente atildado. En la oficina del magnate podría haber cabido el *freak show* completo; su escritorio, que tenía las dimensiones de una mesa de comedor, se veía pequeño debajo de los techos altísimos y daba la impresión de que los cortinajes colorados que cubrían las ventanas podían tirarlos de un golpe al suelo si los alborotaba un ventarrón. La oficina era fiel reflejo de ese empresario que hacía todo a lo grande, que manejaba permanentemente tres o cuatro proyectos desmesurados; era la perfecta representación de su megalomanía, estaba concebida para hacer a sus invitados muy conscientes de su pequeñez física. Mi oficina tiene estas dimensiones para contener la grandeza mental de mis amigos, dijo Barnum abriendo los brazos con una descarada untuosidad, y antes de que Lobatón pudiera responder ese extraño elogio gritó, ¡qué honor!, ¡aquí tenemos a la gran diva mexicana!, y dicho esto se arrodilló frente Lucía, que estaba de pie junto a Cristino, con un vestido rojo de lentejuelas que le había prestado Lavinia Warren, la mujer del General Tom Thumb. Barnum se arrodilló con cierta dificultad porque ya tenía casi setenta años y Lucía era exageradamente bajita, su cabeza quedaba al nivel de la rótula de su *manager* y a pesar de la dificultad que imponía la diferencia de alturas el amo del *freak show* se puso a examinarla despaciosamente, incluso rechazó el ofrecimiento de Orbison de poner a la diva encima del escritorio. Barnum comenzó a tocarle la cabeza y a pasarle la mano por la cara y por los brazos mientras murmuraba, *she's perfect*, es mejor de lo que me habían contado, *can't belive she's real oh my sweet lord Jesus Christ*. Lucía lo miraba con su pasividad habitual pero tuvo un momento de desconcierto cuando Barnum le levantó la cabellera para olisquearle el interior de las orejas. El dulce olor de los enanos, dijo y luego explicó, mirando alternativamente a Cristino y a Frank Orbison, que ya se conocía el discurso de memoria, que el desarreglo de los humores que producía el enanismo tenía un olor dulzón que escapaba por los canales auditivos. Es interesante saberlo, dijo Lobatón por decir algo, y Barnum preguntó, ¿habla? No lo necesita, dijo Cristino y aprovechó para presentarse oficialmente, ya que Orbison no lo hacía, como el *manager* de aquel prodigio y además añadió, para ir ganando terreno en la estima de Barnum, un mínimo perfil de su desempeño como la mano derecha, así lo dijo, del diputado más importante de Veracruz. Mientras hablaba, P. T. Barnum hacía anotaciones en una hoja sobre los elementos que le hacían falta a su acuario, según podía ver perfectamente Cristino, y cuando terminó el empresario le dijo, sin levantar la vista de la hoja donde seguía escribiendo, pues me da mucho gusto conocerlo, diputado Lobatón, estoy seguro de que con esta criatura haremos grandes negocios, y luego le hizo un gesto a Lucía, una carantoña como si se estuviera dirigiendo a una niña. Desde entonces, a causa de la poca atención que había dedicado P. T. Barnum a su parrafada autobiográfica, pasó a ser diputado con toda naturalidad. Tenemos que convocar a los periódicos, dijo Barnum con una energía casi bélica, en cuanto terminó de anotar cosas en su lista, y mientras resoplaba y se movía de un lado a otro con la mirada ausente, tentaleó su escritorio para coger un puro, que inmediatamente arrimó a un encendedor de Döbereiner y, en lo que se hacía un panorama mental de los réditos que iba a dejarle la vedet mexicana, lo encendió con sonoros bufidos y exageradas llamaradas. Por una de las enormes ventanas de la oficina, que estaba abierta apenas un palmo, entraba el barullo de la avenida, voces, pasos, gritos, los cascos de un caballo, las ruedas de un carruaje contra las piedras. ¡Fantástico!, gritó P. T. otra vez muy belicoso, con los brazos abiertos y mirando al formidable candelabro que colgaba sobre ellos, un monstruoso pulpo de cuentas de cristal que tintineaban cada vez que P. T. subía la voz o trazaba un aspaviento. ¡Fantástico!, volvió a gritar, pero ahora dedicándole a Lucía una mirada con sus ojos bulbosos, una mirada intensa que hacía pensar que en cualquier instante podían saltarle los globos oculares de sus orbitas. ¡Fan-tás-ti-co! volvió a gritar mirando ahora a Orbison y Cristino, con el mentón tembládole y los rizos de la blanca cabellera bamboleándosele en las sienes, agitándose locamente a la altura de las cejas, y luego de un momento angustiosamente largo de loca agitación, se despidió diciendo que debía atender un asunto en el acuario, posó brevemente la mano en la cabeza de Lucía y le dijo bienvenida a Nueva York y a ellos les hizo ya de lejos, ya yéndose a atender otros asuntos, una delicada filigrana con cuatro dedos de su mano derecha, mientras con la izquierda se llevaba el puro a la boca, aspiraba con fuerza y dejaba de recuerdo, flotando en medio de la oficina, un espeso cumulonimbos.

Era grande e intenso P. T. Barnum, y Lobatón y su vedet liliputiense llegaban a su vida en un dinámico periodo de recuperación económica, que nacía después de una época también dinámica pero muy ruinosa. Barnum había apoyado, de manera un tanto irracional, la carrera de Jenny Lind, una famosa cantante europea mejor conocida como El Ruiseñor Sueco. Lind tenía un amorío con el escritor Hans Christian Andersen cuando se lio con el poderoso empresario y quizá fue por esto, por demostrarle al Ruiseñor que él era capaz de liarse más a fondo, que durante ciento cincuenta noches le había pagado actuaciones de mil dólares cada una, a pesar de que con frecuencia la taquilla no llegaba a cubrir ni la cuarta parte de esa cantidad. El Ruiseñor Sueco estuvo a punto de llevar el negocio a la ruina, pero al final lo habían salvado sus *freaks*, encabezados por el General Tom Thumb y el enano Champolión.

Barnum los dejó solos y aturdidos en su oficina, viendo cómo se desvanecía el espeso cumulonimbo del puro y cómo paulatinamente se iba metamorfoseando en una contundente nube mammatus. Se había ido con tanta prisa porque tenía la urgencia de supervisar al equipo que trabajaba en el acuario, con un par de tiburones gato que habían capturado recientemente cerca de Halifax, Nueva Escocia. Hacía apenas un año que funcionaba el nuevo anexo del teatro, con tortugas, focas y pececillos tropicales, pero faltaba algún bicho espectacular de esos que hacían feliz a P. T., de esos que evidenciaban su poderío empresarial y su bien ganado estatus del segundo hombre más rico de Estados Unidos. El acuario se había inaugurado con dos ballenas blancas que compró a un empresario egipcio, en el sureste de Canadá. Habían sido capturadas en el Golfo de Saint Lawrence y luego transportadas en dos estanques fabricados especialmente para la maniobra, que fueron montados, en la primera parte del trayecto, en dos plataformas tiradas por caballos, y más adelante en un tren de carga. Aunque se trataba de dos ejemplares jóvenes, eran bastante más voluminosas que los tiburones gato. El viaje había tenido sus complicaciones porque el rumor de que en esos estanques portátiles viajaban dos ballenas blancas se extendió rápidamente a lo largo de los más de ochocientos kilómetros que tenía el recorrido, y cada vez que pasaban por un pueblo, por Chatham Head, Renous, Boiestown o Nashwaaksis, los vecinos invadían el camino, se agolpaban alrededor de los estanques sin importarles que las ballenas blancas no se vieran, ni que todo lo que se podía apreciar fueran dos cajas enormes de madera. ¡Las ballenas no se ven!, gritaba el cochero que encabezaba el convoy con la intención de evitar la turba que iba a interrumpirles el camino, pero no había manera de evitarla; en esos pueblos no sucedía nunca nada y el paso de dos ballenas, aunque no pudieran verse, era motivo suficiente para el jolgorio. Y lo mismo había pasado cuando aquellas plataformas gigantes llegaron a Nueva York y comenzaron a rodar lentamente por las calles, movilizadas por un complicado sistema de cuerdas del que tiraban decenas de peones. Cuando las ballenas fueron puestas en el estanque del acuario, observaron una conducta errática que al principio se achacó al traqueteo del viaje, pero al día siguiente P. T. Barnum las había encontrado muertas, flotando panza arriba como dos islotes blanquísimos que sobresalían del agua. Algo había fallado en la química acuática y Barnum, en lugar de pensar en otra especie más resistente, localizó otras dos ballenas similares, que transportó de la misma forma y que, a pesar de que ahora habían llenado con agua de mar el estanque, sufrieron la misma suerte que sus antecesoras. ¿Por qué tanta obstinación?, ¿a qué venía esa gravosa testarudez? En la mente empresarial de P. T. Barnum brillaba el impagable concepto: "Dos ballenas blancas en Broadway". Y como el concepto era impagable lo intentó por tercera vez, pagó otras dos ballenas blancas al mismo comerciante egipcio del Golfo de Saint Lawrence, que gracias a los seis ejemplares vendidos había aumentado considerablemente su fortuna. Las últimas ballenas vivieron un mes completo y eso bastó para que ese impagable concepto que tanto tiempo había acariciado se quedara en la cabeza de todos sus paisanos, él era por fin el hombre que había llevado dos ballenas a Broadway.

Lobatón cuenta en sus memorias varios de sus encuentros con Barnum. En todos le pregunta detalles específicos sobre sus diversos proyectos, se ve que está muy interesado en aprender todo lo que el magnate tenga a bien revelarle, por ejemplo le pregunta qué hacía con los enormes cadáveres de las ballenas blancas, y Barnum responde que los vendía a los chinos de la calle Canal, y aventura los usos que los chinos podrían haberles dado a esos cadáveres, quizá los utilizaban para ciertos platillos de su cadena de restaurantes o extraían la grasa que vendían para desatascar bisagras y mecanismos más complicados, o sacaban cremas y lubricantes sexuales para los prostíbulos que tenían los armenios en la calle Baxter.

Además de la gestión de su tumultuosa empresa, los proyectos ocasionales y otros compromisos que colapsaban sus días, Barnum encontraba tiempo para escribir libros aunque, según asegura Lobatón, los dictaba de pie a una secretaria, yendo de arriba abajo furiosamente en su oficina, gritando en las escenas culminantes, susurrando en los pasajes misteriosos y llorando desconsoladamente a la hora de narrar un fracaso, empresarial, o amoroso, o dejándose llevar por un arrebato de ternura. Con esa intensidad agotadora confeccionó P. T. Barnum sus cuatro libros: *Life of P. T. Barnum*, La vida de P. T. Barnum (1854), *Struggles and Triumphs*, Batallas y triunfos (1869), *The Humbugs of the world*, Las patrañas o paparruchas del mundo (1865), *The art of Money-getting*, El arte de obtener dinero (1880). Como actividad añadida a su frenética vida, Barnum se había convertido, por votación popular, en el alcalde de su ciudad natal, Bridgeport, Connecticut. La primera medida de su gobierno, seguramente porque a su avanzada edad el punto de vista se le había trastocado, fue endurecer las leyes que regulaban la venta de alcohol, la prostitución y las actividades de cabaret y de burlesque, esas leyes que en su juventud había logrado adelgazar, y hasta desaparecer, con los agresivos libelos que él mismo escribía en su propio diario, el *Herald of Freedom*. Así era en ocasiones P. T. Barnum, destruía lo que había construido para luego tener la oportunidad de volverlo a construir, como en efecto haría con esas leyes que, una vez endurecidas, empezó a bombardear otra vez con flamígeros artículos de periódico.

Precisamente cuando Lobatón y la enanita llegaron a su oficina, a principios de 1877, Barnum estaba inaugurando una modalidad de su teatro, un ramal de su famoso espectáculo que estaba relacionado con el gravoso fracaso de las ballenas blancas. En esta zona de sus memorias, Lobatón se detiene a reflexionar sobre la manufactura de las cajas de madera que transportaron esas ballenas, nos cuenta que en los ángulos donde coincidían los extremos de uno y otro tablón se ponía un mazacote de *ambergris*, de grasa de ballena, para que la caja quedara perfectamente sellada y no fuera perdiendo agua por el camino. Para transportar seis ballenas, que al final se murieron demasiado pronto, se utilizó la grasa de quién sabe cuántas otras ballenas que habían matado previamente los arponeros. *¿Es esa la ley de la vida?, ¿no le parece a usted, amable lector, que se trata de una atrocidad?* nos pregunta Cristino sobre este asunto que tiene, sin duda, una mórbida y despiadada circularidad.

Para transportar a las ballenas Barnum había comprado un tren que, después del estrepitoso fracaso, iba a reconvertir en un teatro itinerante que la prensa a coro identificaría como El Espectáculo más Grande de la Tierra. Se trataba de una caravana que recorría de lado a lado el país, y Lobatón y su enanita habían llegado precisamente cuando estaba a punto de echarse a andar.

Lo primero que hizo P. T. Barnum fue programar a Lucía Zárate en el horario estelar del teatro a partir del día siguiente, lo cual obligó a Lobatón a ocuparse de conseguirle a toda prisa vestidos y afeites para que saliera a escena como la diva que era, y de paso a comprarse él un elegante chaqué y un par de levitas que estuvieran a la altura de su nuevo estatus. Para el *show* de la enana mexicana, Barnum eligió de pareja artística al enano Champolión; Cristino trató de protestar porque la perspectiva de trabajar con el enano le parecía muy desagradable, pero inmediatamente reculó ante la energía avasalladora del empresario que, mirándolo a los ojos con una intensidad que le puso a arder las mejillas, le dijo, al filo del grito, que la fama y el prestigio de Champolión esponjarían todavía más los encantos de Lucía, y luego lanzó una espesa bocanada de humo que los dejó momentáneamente en la misma nube, hasta que se disipó por un repentino ataque de tos que sacudió violentamente a Lobatón. Barnum soltó una carcajada y brincó fuera de su oficina rumbo al acuario; iba, según dijo, a tomarles la temperatura a sus tiburones, y luego soltó otra estruendosa carcajada de chiflado, que fue desvaneciéndose conforme bajaba, a gran velocidad, por la escalera de caracol. Cristino se sintió herido por la carcajada, herido y sumamente ofendido porque, además de no permitirle argumentar sobre la inconveniencia de que Lucía compartiera escenario con el enano Champolión y de dejarlo mudo con su descomunal voltaje se había mofado, o eso creyó entender él desde su inseguridad provinciana, de su fragilidad ante un nubarrón de humo de tabaco, si no ¿a qué venían esas enloquecidas carcajadas?, concluyó en un inconveniente estado de susceptibilidad. Ahí mismo, observado inquisitivamente por la secretaria de Barnum, que veía con extrañeza que Lobatón siguiera ahí después de que el patrón hubiera abandonado su oficina, decidió que al cambio de vestuario y al mimado bigote que iba a copiarle a Frank Orbison era imperativo añadir la costumbre de fumar puros, puros descomunales como los de P. T. Luego salió de la oficina, tocándose la incipiente pelusilla que prometía convertirse en un bigotazo de puntas enceradas, rumbo a una tienda de habanos que había visto en la calle Mulberry, muy cerca del burdel de los armenios.

Cuando llegó a casa de Orbison se encontró con los siameses italianos sentados en un sillón, mirando ansiosos los acercamientos que efectuaba el enano Champolión sobre el cuerpo de Lucía. ¡Qué pasa aquí!, gritó Lobatón en inglés y el enano respingó molesto y lo fulminó, o eso intentó, con sus dos ojillos hostiles. ¿Dónde están tus padres?, preguntó a Lucía, y se la llevó en brazos al fondo de la cocina, al habitáculo donde estaban, dormitando en el camastro, Fermín y Tomasa. Les echó un inútil rapapolvo y después, con Lucía todavía en los brazos, regresó a decirle al enano que si lo volvía a sorprender tratando de seducir a su artista le iba a sacar los ojos con sus propios deditos. El enano rompió a llorar escandalosamente y también lo hicieron, por contagio, los siameses. Mire nada más lo que ha hecho usté, le dijo en un perfecto español del Caribe la mujer hirsuta que preparaba los *pancakes* por las mañanas, y que por las tardes se sentaba en el escenario del Teatro Barnum para fascinación de sus admiradores. Esa noche, mientras se fumaba el primer puro de su vida y procuraba no toser ni dejarse amedrentar por el picor del humo en los cornetes nasales, le contó a Frank Orbison lo que había ocurrido, y le dijo, de forma terminante, que no iba a tolerar que el enano Champolión cortejara a su artista. *Hold your horses*, pare usted sus caballos, le dijo Orbison, de ese tema hablaremos mañana con Barnum. ¿De qué tema?, preguntó Lobatón ocultando su puro para que su socio no viera que se le había apagado. De la explosiva sexualidad de los enanos, dijo mirándolo de manera oblicua. Muy bien, le respondió Cristino, mañana trataremos ese tema, y después de ponerse el elegante abrigo que acababa de adquirir, salió a la intemperie con el puro apagado. La nieve le cubría los zapatos y se le metía dentro de los calcetines, además había unas insidiosas ventiscas que lo hacían tiritar, le cimbraban los huesos como había hecho la mar con los fierros del viejo barco portugués. En cuanto llegó a la esquina se resguardó en un portal y trató de encender su puro, pegado contra la pared para evitar que las ventiscas le apagaran la llama, intentando contener la temblotera que le sacudía las manos.

El *show* de la liliputiense mexicana con el enano Champolión fue, como se esperaba, un rotundo éxito. La gente abarrotaba el teatro y aplaudía y silbaba ruidosamente cada movimiento o gesto que hacían los enanitos. El acto se reducía a estar los dos en un salón de cartón piedra, en uno de los *dusty halls of humbug* que apreciaba Henry James, él leyendo el periódico en una silla mecedora, frente a una chimenea de fuego pintado con brocha, mientras ella manipulaba cacharros en la cocina y hacía como que cortaba verduras en la mesa, o como que añadía agua a la cazuela, o como que probaba un guiso que le parecía exquisito o, según la cara que hacía, repugnante, y cada uno de estos pequeños gestos desamarraba un aplauso de su público. El enano Champolión, por su parte, soltaba ruidosas carcajadas, oscuras como su tosco vozarrón, mientras leía el periódico, o gritaba *Oh my God!* teatralmente y, para ilustrar que la noticia recién leída lo había preocupado mucho, se mesaba exageradamente los cabellos, o más bien las hebras aceitosas que le cubrían parcialmente el cráneo, y después acariciaba un falso perro de cerámica que estaba echado ahí, a su alcance, como si quisiera compartir con él la fea noticia que acababa de leer y, simultáneamente, le aplicara el consuelo de sus caricias. Al final Champolión se levantaba de su silla, se aproximaba a Lucía y, cuando llegaba a su lado, le agarraba una nalga y con la mano ahí mantenida, y un gesto abiertamente obsceno, decía, con su vozarrón, *want my supper, honey*, quiero mi cena, cariño, y ahí era donde el teatro se venía abajo, donde los aplausos y los chiflidos producían una masa sonora que podía oírse en Brodway y que, según el hombre que cuidaba el acuario, ponía nerviosos a los tiburones gato. A Lobatón no le hacía ninguna gracia la escena final, pero al oír la algarabía que provocaba decidió que no debía sobreproteger a la enana, porque le quedaba claro que lo agreste y lo vulgar eran parte imprescindible de ese negocio. ¿Agreste y vulgar?, le preguntó la mujer hirsuta cuando él estaba mascullando esa preocupación en el callejón de las tramoyas, detrás del escenario. Lo agreste y lo vulgar son, precisamente, el pegamento de nuestro oficio, le dijo la mujer acercándosele a la oreja para que pudiera oírla, porque el público seguía ovacionando a los enanos. Si a mí, hijo mío, me quitas lo agreste y lo vulgar, y haces lo mismo con tu enanita y, con todo respeto, contigo mismo, ¿qué queda?, le preguntó abriendo mucho los ojos y poniéndole una mano, como signo inequívoco de confianza, en el antebrazo. Lo que queda es un carajo, chico, contestó ella misma, un puro y reverendo carajo. Es probable que tenga usted razón, le respondió Cristino, un poco nervioso porque su cercanía no le provocaba el rechazo que él había calculado, y también porque la mano de ella, que seguía apoyada sobre su antebrazo, era francamente una preciosidad, una pieza delicada que, salvo los pelos, no tenía defecto alguno. Y lo mismo observó que sucedía con su muñeca y con su antebrazo, que estaba articulado por un largo y glorioso hueso cubital. Es probable que tenga usted razón, repitió Cristino, y gracias por el consejo, remató, y después se levantó, aunque tenía ganas de quedarse un poco más ahí, para atender a la enanita que acababa de terminar su actuación. ¿No te molesta que el enano te agarre así las nalgas?, preguntó a Lucía a bocajarro, poniéndose en cuclillas para que lo oyera y, sobre todo, para que le respondiera mirándolo a los ojos. La diva se le quedó mirando, desde una lejanía imposible pues estaban a una distancia no mayor de diez centímetros. ¿Cómo así?, preguntó.

Barnum no podía estar más contento, cada vez que se cruzaban en un pasillo, en la escalera de caracol o en cualquier recoveco del teatro, le metía uno de sus puros en el bolsillo de la levita y le palmoteaba ruidosamente la espalda. *The lady is a huge succes!*, la dama es un tremendo éxito, gritaba con la cara solferina de tanta excitación. En realidad el *show* de la diva mexicana y del enano Champolión era una calca del número clásico que el General Tom Thumb hacía con su mujer, la enana Lavinia Warren, desde hacía lustros, solo que Tom Thumb, como ya se ha dicho, salía a escena fumando y bebiendo vino y en lugar de sentarse a leer el periódico, como Champolión, salía caracterizado de personaje histórico y lanzaba parrafadas beligerantes mientras Lavinia Warren hacía lo mismo que

Lucía Zárate: como que partía un nabito o como que avivaba a soplidos la lumbre del fogón.

Cuando Lucía llevaba ya una semana cosechando éxitos en Broadway y la prensa de Nueva York celebraba su llegada en las páginas de espectáculos, sucedió algo que llevó a confirmar a Lobatón que, efectivamente, como bien decía la mujer hirsuta, lo agreste y lo vulgar era el pegamento de su nuevo oficio. En lo que Lucía se preparaba para salir a escena, se acercó el General Tom Thumb, todavía caracterizado del Hércules que acababa de representar, con la toga medio caída y salpicada de vino y, sin soltar su humeante purete, pasó el brazo por los hombros de la diva mexicana y así, apretándola con fuerza contra su costado, como si existiera el peligro de que la enanita fuera a escaparse, dijo mirando a Lobatón, desafiándolo con la negra intención de amedrentarlo, *my mistress, she's gonna be my misstres*, haré de esta mujer mi amante, mientras Cristino recordaba aquello de la explosiva sexualidad que le había dicho Frank Orbison. Deja en paz a mi actriz, le dijo con severidad, mientras le quitaba a Lucía el brazo del enano de encima. *And now get out of my sight*, malnacido hijo de tu chingada madre, añadió en español.

Unas semanas más tarde, mientras Cristino se acicalaba frente al espejo, antes de ir a recoger las ganancias de la semana a la oficina de Barnum, un grito destemplado del General Tom Thumb, seguido de una ráfaga de insultos de Lavinia Warren, lo hizo salir precipitadamente del baño. En la sala estaba el enano Champolión contemplando con displicencia a Tom Thumb, que se retorcía en el suelo cubriéndose con ambas manos la región pudenda y soltando un dolorido aullido mientras Lavinia Warren le gritaba que era un cerdo, un gorrino, un marrano y un verraco y, como complemento de aquel tortuoso episodio de violencia doméstica, Lucía, que era evidentemente el motivo de la disputa, contemplaba la escena impávida desde el sillón, como si el asunto no tuviera que ver con ella. La mujer hirsuta llegó también llamada por el escándalo, pero no lo hicieron Tomasa y Fermín, que estaban en su habitáculo o, más bien, seguían ahí, porque solo salían a comer y al baño y el resto del tiempo lo pasaban tirados en el camastro, absortos en las oscilaciones de la llama del quinqué. ¿Cómo pueden quedarse aquí todo el día?, les preguntaba Lobatón en medio de sus cíclicos rapapolvos, a lo que Tomasa, invariablemente amohinada, respondía, porque afuera todos hablan en inglés y ni los entendemos ni nos entienden. Esto es un pandemonio, dijo Frank Orbison, mirando alternativamente y con desprecio a Tom Thumb, a Lucía y a Champolión, y después agregó, arréglelo usted, por favor, diputado Lobatón, y luego salió de la casa dando un portazo. ¡Cebón!, ¡cuino!, ¡cocharro!, seguía mientras tanto Lavinia Warren hasta que Cristino la hizo callar y comenzó a impartir órdenes, ¡Champolión, a tu cuarto!, ¡Lavinia y Lucía, cada una al suyo! y a Tom Thumb lo dejó recuperarse a su aire de su dolor en la entrepierna. El problema quedó resuelto y la sala despejada y, en cuanto iba a regresar a acicalarse frente al espejo, Cristino se topó con la mirada de la mujer hirsuta, que en seguida le dijo, le queda a usted muy bien ese bigote de puntas enceradas, diputado Lobatón, y después añadió, ¿gusta un café con sabrosos panqueques?

Una mañana de mayo, P. T. Barnum convocó a Orbison y a Lobatón para anunciarles que el tren estaba listo, debidamente acondicionado con coches de pasajeros, coches-dormitorio-con-literas, coches-camerino, coches-jaula, coche-comedor, coche-taquilla y dos poderosas máquinas de vapor que irían tirando por turnos de los vagones. Tres días más tarde se presentaron todos en la estación, con un montón de baúles, cajas y maletas, para salir de gira. ¡Vamos a conquistar los Estados Unidos!, gritaba P. T. mientras caminaba a grandes zancadas de un vagón a otro fumando con fruición su puro, palmoteando a sus artistas, dejando a su paso una nube de humo, como una hora más tarde lo haría la chimenea del tren a su paso por la campiña del estado de Nueva York. El tren, según cuenta Lobatón, parecía el arca de Noé. En la zona de fieras, propiamente designada como la *menagerie*, iban dos pumas americanos, un león de la sabana africana que ya no se aguantaba de pie y pasaba el día, y la vida, echado como un gatito, dos coyotes de Nuevo México, El Gran Elefante Blanco de la India que había que retocar con pintura cada vez que llovía o cuando le daba por restregarse con la pared o contra el tronco de un árbol, y finalmente los dos tiburones gato, metidos en dos cajones enormes calafateados con grasa de ballena. A bordo iban trabajadores, técnicos y tramoyistas, y toda la compañía artística que conformaban los siameses, los enanos, la hirsuta, el albino, el macrocefálico, el andrógino, el eslabón perdido de Darwin y la enfermera de George Washington. También iban, claro, Tomasa y Fermín. Cristino viajaba en su propia alcoba, un lujoso vagón más corto que los demás, que iba enganchado al Frank Orbison, de las mismas dimensiones.

Lobatón asegura que P. T. Barnum viajaba en ese tren. Aporta datos y anécdotas, algunas bastante delirantes, que desde la primera lectura anotada que hice del intricado texto me fue imposible comprobar, no encontré ninguna evidencia, ni fotografías ni notas de prensa que certificaran su presencia en ese tren. Barnum tenía en ese momento casi setenta años, una edad que era ya plena vejez a finales del siglo XIX y que seguramente era excesiva para subirse a un tren traqueteante que pretendía recorrer de costa a costa Estados Unidos. La dudosa presencia de Barnum en ese tren me puso en estado de alerta, me hizo pensar, por primera vez, en la posibilidad de que eso que contaba Cristino Lobatón no fuera estrictamente la verdad, me hizo sospechar de la veracidad del texto, pero, por otra parte, la pila de documentación con la que llevaba meses trabajando, las flagrantes evidencias de que la historia que contaba Cristino Lobatón era verdad me hicieron detenerme y analizar al detalle el episodio.

El tren partió en mayo de 1877, aprovechando el sistema ferroviario del *Transcontinental Express*, un tren que atravesaba de lado a lado el país y que hacía el trayecto entre Nueva York y San Francisco en ochenta y tres horas y treinta y nueve minutos. Todo ese proyecto de Barnum estaba fundamentado en la velocidad de desplazamiento, pues, de haber usado los transportes habituales, la gira hubiera sido más modesta. Antes del tren, un viaje a San Francisco llevaba varias semanas en barco y bastante más de un mes por tierra; un tiempo de desplazamiento imposible para ese espectáculo que no paraba nunca. Aun cuando Cristino habla todo el tiempo de "la gira", aquel desplazamiento era otra cosa, porque sale de gira un espectáculo que tiene una sede, una base fija, y aquel tren, según la historia cada vez más enredada que nos cuenta, iba de allá para acá, su naturaleza y su sentido era el movimiento permanente. Allá se quedaba en Broadway el *freak show*, operando *full time* con sus enanos, sus hirsutos y sus macrocefálicos, mientras ellos iban de pueblo en pueblo por Estados Unidos; más que de una gira se trataba de una diáspora, y más allá de promocionar un espectáculo que se presentaba en Manhattan, se veía que el empeño era salir a conquistar el país. El *freak train* era, en todo caso, un experimento.

Cada vez que llegaban a un nuevo destino, los operarios montaban rápidamente dos carpas blancas y los artistas comenzaban a hacer lo suyo mientras las piezas emblemáticas, como la sirena o El Gigante de Cardiff o la enfermera de George Washington exhibían su tenebrosa rareza. En este último tramo de sus memorias Cristino Lobatón se vuelve más locuaz, la historia se disparata y cuesta cada vez más trabajo ajustarla a la información que ofrecía la prensa, e incluso a veces difiere de la información que él mismo iba escribiendo meticulosamente en sus bitácoras. Sin embargo se trata de sus memorias y mi obligación como narrador de su vida es exponer todos los elementos que constituyen esta historia, pues sus anécdotas cada vez más llenas de exageraciones, esa especie de psicodelia verbal que practicaba, son un elemento sin el cual la personalidad de Cristino quedaría incompleta. Por ejemplo, de aquel viaje a todo lo ancho de Estados Unidos Lobatón nos cuenta un episodio verdaderamente extravagante. Cada vez que paraba el tren los tiburones gato se quedaban en sus tanques, que permanecían montados en su vagón-plataforma; al lado de estos se ponían unas largas escaleras de tijera para que los espectadores, de uno en uno, pudieran observarlos, mirarlos cómo daban vueltas obsesivamente por el estrecho cuadrángulo en el que estaban confinados. Esos tiburones necesitan su libertad, van a morirse de tristeza, sentenciaba la mujer hirsuta cada vez que se cruzaba con P. T.

Barnum y este le increpaba, con su habitual desbordamiento de energía, su desconocimiento de la fauna marítima y ella contraatacaba diciendo que los habitantes del Caribe saben mucho de tiburones, que los tiburones en La Habana eran como mascotas, como podían serlo los perros en Nueva York, y una vez que la hirsuta se metía en esa historia suya no paraba, seguía adelante sin ningún miramiento, sin permitir que molestas ataduras como la lógica o el sentido común interfirieran con su historia de los tiburones de La Habana, que crecía en la misma proporción que aumentaba la desesperación de Barnum, qué va usté a saber de estas criaturas, le decía la mujer al empresario, si en mi país cada niño tiene su tiburón, en cada casa hay uno que hace reír a la familia, que va obedientemente por un palo cuando se le arroja lejos y que se deja hacer caricias en la barriga y debajo de los morros, pero eso sí, decía la mujer, todo esto se hace cerca del mar, de manera que el tiburón pueda salir pitando hacia el agua para nadar en verdadera libertad, porque lo que usté está haciendo con esos tiburones, la forma en que usté los tiene encerrados, va a aniquilarlos, decía con mucha seguridad. Esto nos cuenta Lobatón y después confiesa que le divertía mucho cuando esa mujer se ponía a defender a los tiburones, que le gustaban sus aspavientos y la forma en que defendía sus ideas. Por otra parte Cristino aborda el tema de la batalla interminable entre el General Tom Thumb y el enano Champolión, que ahí, en el espacio reducido de las alcobas del tren, se recrudeció gravemente. Durante la primera semana de tren hubo cada noche un episodio del que se quejaban amargamente todos los artistas, la batalla verbal era de tal intensidad que no los dejaba dormir y al día siguiente todos amanecían por debajo de su nivel de rendimiento, excepto Lucía que, aunque era el motivo de la batalla entre los dos enanos, dormía de corrido y sin sobresaltos. Con frecuencia los gritos y los insultos terminaban en empujones, en mamporros y en lo que más preocupaba a Lobatón, que eran los agresivos acercamientos eróticos a Lucía que practicaban los enanos y que ella pretendía controlar con un distraído manotazo, como si se estuviera espantando una mosca.

La cosa no puede seguir así, le dijo Frank Orbison a Lobatón, preocupado porque la situación estaba a punto de pasar a mayores así que, después de dos semanas a bordo del tren se llegó a la conclusión de que no había más remedio que casar a Lucía con el enano Champolión, para ver si aquello desactivaba la batalla.

En un descampado cerca de Pittsburgh se celebró la boda entre los dos enanos. Fue una ceremonia improvisada pero que tuvo en la prensa, por la morbosidad que la revestía, un eco importante. El *Washington Eagle* hacía notar que casarse en medio del campo era "una iniciativa que evidenciaba el espíritu libre de los artistas" y que durante toda la ceremonia se "respiraba un ambiente de sólida camaradería", y remataba diciendo que no era de extrañar que "esa libertad y esa solidaridad fueran los mimbres del espectáculo más grande del mundo".

Ignoraba desde luego el reportero que aquello era una maniobra desesperada. Lucía y Champolión, rodeados por toda la compañía, fueron casados por P. T. Barnum, o eso nos cuenta Lobatón, con un discurso sentido y espontáneo que más tarde, cuando regresaran a nueva York, tendría documentos legales expedidos por la alcaldía de Bridgeport, Connecticut, de la que el mismo Barnum era alcalde.

Cristino Lobatón pone punto final a sus memorias de una forma desconcertante y arbitraria. Más que terminarlas, las interrumpe de manera abrupta: *Así íbamos recorriendo la Unión Americana, después de Chicago fuimos presentándonos en Chillicothe, Galesburg, Medill, Bucklin, Marceline, Kansas City y Omaha, la población donde las dos máquinas del tren se descompusieron, una de una cosa y otra de otra, y eso nos obligó a estar cinco días en un lugar de las treinta y seis horas que teníamos planeadas. En lo que esperábamos a que repararan las máquinas sostuve una interesante conversación con el jefe de la tribu de los chikuapawa.*

Así, tal cual, terminan sus memorias. ¿Quiénes eran los chikuapawa?, ¿de qué conversó con el jefe indio?, ¿por qué no terminó de escribir esa historia con la que pretendía ganarse un sitio en la posteridad? Seguramente porque la posteridad dejó de interesarle. El objetivo de esas memorias era dejar por escrito, para sus compatriotas, el triunfo indiscutible de haber encumbrado a una enana mexicana de pueblo en lo más alto del *show bussines* de Estados Unidos; el logro era, efectivamente, notable, pero su narración, y su eventual publicación en un libro, tenía sentido cuando Cristino todavía pensaba que regresaría a México. ¿Para qué, él que era un hombre de acción, iba a terminar un libro que ya no iba a serle útil?

Después de la primera lectura del manuscrito hice otra anotando ideas, hipótesis, corazonadas, y luego dibujé un esquema del viaje vital de Cristino desde El Agostadero hasta el naufragio del tren en Omaha y vi que ahí había una historia que contar. Durante las siguientes semanas me encerré en la biblioteca de la universidad a leer las bitácoras de Lobatón, que eran unos cuadernos de pasta dura que por alguna razón no podían escanearse, quizá porque tenían una estructura física más compleja que las memorias, que no eran más que un mazo de hojas. Lilian Richardson me dijo que el funcionario de la biblioteca que se dedicaba a la conservación de los documentos estaba estudiando la posibilidad de escanearlos, pero que, si al final se podía hacer, tendría que contar con que sería un proceso largo. ¿Qué tan largo?, pregunté. Unos meses, me respondió. Le dije que no podía esperar unos meses, que mi estancia en la universidad terminaría mucho antes y necesitaba revisar esas bitácoras para averiguar si contenían el resto de la historia que se interrumpía en las memorias. Sin ese complemento, le dije, el manuscrito de Lobatón sirve de poco.

Lilian era la directora del departamento de literatura latinoamericana, me había invitado a ocupar la plaza de profesor visitante y yo había aceptado porque se trataba de un programa relajado, dar una conferencia por semana durante dos meses, ocho sesiones en total donde yo podía disertar sobre cualquier tema literario, incluidas mis propias novelas, sobre todo las tres que tratan sobre el exilio de los republicanos españoles en México, que Lilian enseñaba en su curso. El programa me dejaba mucho tiempo libre que yo pensaba dedicar a ponerme al día con un montón de lecturas que tenía pendientes y a vagabundear por Filadelfia, que era una ciudad en la que nunca había estado y que me apetecía conocer. Pero Lilian me había puesto el manuscrito de Lobatón en las manos después de la segunda conferencia y yo había pasado las siguientes seis semanas prácticamente encerrado en la biblioteca, leyendo, interpretando, descifrando y tratando de poner en claro las bitácoras del empresario veracruzano, una tarea nada fácil porque en sus libretas lo iba anotando todo sin ninguna jerarquía, después de una dirección con calle y número en Manhattan venía, por ejemplo, un párrafo sobre una conferencia que había impartido un doctor frenólogo y a la que él había asistido, y en el último tercio de esa misma hoja había una complicada multiplicación que arrojaba una cantidad enorme de dólares. Cuando estaba a punto de impartir la última conferencia y mi estancia en Filadelfia llegaba al final, había logrado revisar y vaciar en la computadora la información de doce de las treinta y cinco bitácoras que había, y además había conseguido vestir toda esa información con notas de prensa de la época; tenía ya un panorama aproximado de la historia de Lobatón y, sobre todo, la certeza de que en esos documentos desperdigados había una historia sólida que me sentía capaz de narrar. Así se lo dije exactamente a Lilian Richardson, Cristino Lobatón tiene una historia que no tuvo tiempo de narrar, o a lo mejor no quiso, pero, en todo caso, yo quisiera hacerlo. Luego le expliqué que me faltaba analizar más de la mitad de las bitácoras y que como mi tiempo en la universidad se acababa estaba pensando alquilar una habitación fuera del campus y permanecer en la ciudad otras cuatro o seis semanas, para lo cual necesitaba que me dejara seguir visitando la biblioteca, aunque ya hubiera perdido mi estatus de profesor. ¿Y con ese tiempo te bastaría?, preguntó Lilian. No, le dije, pero me llevaría una historia más completa que podría terminar después, si finalmente se pueden escanear las libretas. Nos quedamos un momento en silencio, desde la ventana del salón se veía un jardín, con el césped muy verde y perfectamente recortado, y al fondo un sofisticado edificio con fachada de cristales y un estacionamiento con una fila de coches recalentándose al sol. Todo parecía en su sitio, no hacía falta nada más en ese campus, todo estaba hecho, terminado, aquel país a medio hacer en el que Lobatón se había vuelto inmensamente rico a finales del siglo XIX, se ha convertido en esto, dije señalando el jardín y el edificio. Lilian se quedó en silencio, dio un sorbo a la taza de té que sujetaba con las dos manos y dijo sin mirarme, como si estuviera comentando una banalidad, hay una plaza de profesor que podría ofrecerte, tendrías que dar tres clases por semana y podrías quedarte en el campus hasta diciembre, ¿te basta con eso para ajustar tus cuentas con Lobatón?

Segunda parte

Ese es el impulso central de todo átomo (a menudo inconsciente, a menudo malévolo, perdido) el volver a su fuente divina y a su origen.

WALT WHITMAN

Durante la primera mitad del siglo XIX el imperio inglés, para compensar la balanza comercial que desequilibraban las importaciones de té y de porcelana, empezó a introducir cargamentos de opio en China. Aquél era un negocio que hacían originalmente los mongoles, pero después de una sonada trifulca tomó el relevo *The British East India Company*. Recogía el opio de sus plantaciones en Bengala y Bihar y lo transportaba, en esos mismos barcos que regresarían cargados de té y objetos de porcelana, a una clientela china que lo esperaba ansiosamente. En 1839 el opio, que hasta entonces había sido una droga que se vendía en los puertos, había empezado a distribuirse tierra adentro, en el medio rural, y aquello provocó que un número alarmante de campesinos y agricultores de pueblos y pequeñas aldeas, gastaran dos terceras partes de su sueldo en la droga. La rampante adicción que este comercio generó entre los chinos, y las desproporcionadas ganancias que la droga producía a los ingleses, hicieron que el emperador Daoguang, de la dinastía Qing, prohibiera el opio y, además, que desamarrara un lío diplomático con el gobierno inglés que pronto derivó en un episodio histórico, de dos capítulos, conocido como Las Guerras del Opio, una de 1839 a 1842, y la otra, cuyas secuelas son materia fundamental de nuestra historia, de 1856 a 1860. Los detalles de estas guerras están consignados en cualquier libro de historia universal del siglo XIX, así que pasaré al área específica que nos interesa, que es la del comercio del opio en Estados Unidos. Desde principios de ese siglo ya había contrabandistas estadounidenses. Charles Cabot de Boston y John Cushing de Nueva York compraban opio en Turquía para introducirlo en China, por el puerto de Cantón, pero es hasta 1840 que dos comerciantes de Nueva Inglaterra importan 24,000 libras de opio a Estados Unidos, que fueron gravadas con el impuesto habitual que tenía la mercancía extranjera. En 1874, dos años antes de que Cristino Lobatón y Lucía Zárate llegaran a Filadelfia, la alcaldía de San Francisco prohibió el consumo de opio y de su derivado, la morfina, a todos los ciudadanos con la excepción de los chinos, que podían consumirlo libremente. De ese año hasta 1890, cuando el Congreso grava con un impuesto especial el opio y la morfina, se abrió un periodo de dieciséis años en el que la droga se vendía sin ninguna restricción, una generosa coyuntura que aprovechó Cristino Lobatón. El opio fue considerado una droga dañina, y su producción y distribución prohibidas por el Congreso de Estados Unidos, en 1905, cuando Lobatón llevaba ya quince años desaparecido.

El opio que llegaba a San Francisco se distribuía de manera irregular por algunas ciudades de la Costa Oeste, y lo mismo pasaba en la otra costa, con los barcos que llegaban de Turquía a Boston y a Nueva York. Pero había otro barco que llevaba cargamentos regulares de opio a Veracruz, y que recibía Ly-Yu, el amigo de Lobatón que tenía bodegas en el puerto y regenteaba el tugurio de su madre que, además del burdel que nos cuenta Cristino, era un fumadero donde los clientes más exquisitos consumían unas enormes pipas de opio, con una vistosa cachimba de coco escarbado, echados en una hilera de camastros raídos. Los menos exquisitos, los que en lugar del ampuloso y dilatado ritual del humo preferían un bocado límpido e instantáneo, compraban la droga en píldoras para consumirla a su aire, para llevarla en el bolsillo y en el momento oportuno echársela a la boca como si fuera un caramelo. La venta de opio funcionaba en el local de Dalila, la madre de Ly-Yu, pero no se vendía tanto como el aguardiente ni dejaba tantas ganancias como la prostitución y, por otra parte, era un producto caro para la sociedad más bien áspera que poblaba entonces el puerto de Veracruz y la comunidad china, que tenía más afinidad con el producto, era una minoría con muy poco peso en la ciudad, de manera que el opio lo consumían los viajeros, o algún comerciante cosmopolita, grupos de artistas e intelectuales de la Ciudad de México que querían probar la droga y, sobre todo, la clase política del estado, que se acercaba al tugurio de Dalila porque lo tenía todo, el desfogue con las mujeres, el desmadre con el alcohol y el viaje hacia el interior que ofrecían las pipas o las píldoras de opio. De hecho, en alguna de esas francachelas el diputado Dehesa, al enterarse de que Cristino, ese

125

muchacho espabilado, amigo del hijo de Dalila, era de El Agostadero, le ofreció ese empleo que sería su ingreso en la política. En Veracruz el opio era un negocio residual, pero en cambio en California y en Nueva York, donde había una pujante comunidad china, la venta de opio era un negocio importante que, a partir de la prohibición de la alcaldía de San Francisco, se canalizaba a través de las carnicerías, las pescaderías o las tiendas de productos misceláneos chinos, como era el caso de esa tienda, en la calle Canal, que aparece mencionada en sus memorias. Parece muy claro que Lobatón y Ly-Yu estaban permanentemente en contacto, quizá por carta, quizá por mensajes intercambiados a través de esa red de chinos que llegaba hasta el tugurio de Dalila en Veracruz.

Un rápido vistazo al censo de habitantes chinos en Estados Unidos me permitió comprobar que, en el año 1875, había una comunidad china en casi cada uno de los puertos en los que atracó el vetusto barco portugués que llevaba a Lobatón y a la familia Zárate, incluidos Veracruz y Tampico y, desde luego, Filadelfia. No tengo dudas de que el proyecto comercial de Lobatón, de vender en Estados Unidos el opio que conseguía Ly-Yu, era su prioridad, y que la misión que le había encargado el presidente Porfirio Díaz era el vehículo para plantarse con credenciales en aquel país. El negocio estaba impecablemente proyectado, pero ni Cristino ni Ly-Yu sospechaban que Lucía, la parte tangible del vehículo que lo había llevado hasta allá, tendría ese éxito descomunal, ni desde luego contaban con la cantidad exagerada de dinero que empezaría a producir la enana. El tremendo éxito de Lucía, y el trabajo que su gestión le daba a Cristino, terminó ralentizando el proyecto del opio, pero, por otra parte, cuando Cristino estuvo en posición para comercializar la droga, ya era un hombre muy rico.

¿Por qué Lobatón nos escatima el negocio del opio?, ¿para no meterse en problemas con la ley? Rotundamente no, porque en esa época no había legislación contra el narcotráfico, se trataba, eso sí, de un negocio sospechoso que dejaba unas ganancias desproporcionadas, era un producto que había idiotizado a los campesinos de China y cuya distribución y venta había provocado ya dos guerras internacionales. Quizá era el afán de adecentarse en las páginas de sus memorias, en esa época en la que su vida en Estados Unidos no podría ser rastreada por sus futuros lectores mexicanos, que se enterarían de su aventura exclusivamente por lo que él tuviera a bien contarles.

¿Cristino Lobatón pretendía pasar a la historia?, por supuesto; nadie escribe sus memorias y las entrega a una universidad si no quiere tener un sitio en la posteridad. En cualquier caso queda claro, por las anotaciones que hacía en sus bitácoras, que Ly-Yu llegó a Nueva York, a la comunidad china de la calle Canal, con la idea de montarse en el tren de El Espectáculo más Grande del Mundo, donde su socio tenía una posición privilegiada.

Ly-Yu subió a ese tren, según consta en la lista de pasajeros, una relación de cuatro folios con nombres y anotaciones donde se explican algunas particularidades de la *troupe,* entre estas la que puede leerse debajo del nombre "Lee Yoo": *in spite of his name, another mexican fellow,* otro mexicano, a pesar de su nombre.

Cuando estaba revisando la lista de artistas, técnicos y empresarios que iba en ese tren, me llamó la atención que en ningún momento se especifica que se trata del elenco de El Espectáculo más Grande del Mundo, un *show* que fue muy famoso y cuya trayectoria está perfectamente documentada. Como ya había detectado la tendencia de Cristino a manipular la realidad, me pareció que bien podrían ser falsos otros episodios y lo que descubrí me confirmó que Lobatón trataba de parapetarse detrás de unas memorias que, sin ser propiamente una ficción, si eran muy acomodaticias. Para empezar, El Espectáculo más Grande del Mundo de P. T. Barnum, ese tren lleno de artistas y de fieras que iba de pueblo en pueblo, data de 1872, cuatro años antes de que Cristino y Lucía llegaran a Filadelfia. A partir de esta información revisé la cronología y descubrí que la oficina de Barnum, en la que tiene lugar aquella escena en la que el amo del *freak show* conoce a la liliputiense mexicana, aquella oficina enorme, encima del teatro, que según Lobatón estaba en la calle Broadway, estaba efectivamente ahí, en la esquina de Broadway y Ann Street, pero lo estuvo de 1841 a 1865, con la Guerra Civil de por medio, es decir once años antes de que Cristino llegara a Filadelfia.

¿Conoció de verdad Cristino Lobatón a P. T. Barnum? Seguramente sí, porque el tren al que realmente se subió con el chino, con Frank Orbison y con sus artistas, se lo compró al famoso empresario y era, muy probablemente, el mismo de El Espectáculo más Grande del Mundo que Barnum, con demasiados años para soportar las giras artísticas, ya no utilizaba.

Sin duda Lobatón conoció a Barnum y seguramente Lucía trabajó en su teatro en Manhattan, aunque no en el que nos cuenta Lobatón, y seguramente también tuvieron largas conversaciones en las que Cristino se sinceraba, pedía orientación y consejo, expresaba sus dudas y sus temores, y aquella especie de asesoría debe haber convertido a Barnum en una suerte de mentor para él. Quiero decir que, salvo el tren que ya no era, las locaciones que ya no existían y alguna que otra exageración en el episodio de las ballenas y los tiburones, Cristino Lobatón cuenta aproximadamente la verdad, y esto no difiere mucho de las memorias que podría escribir cualquier persona; se trata de pequeñas licencias narrativas que no afectan demasiado el conjunto de la historia. En cambio, lo de obviar su negocio con Ly-Yu, lo de ignorar el opio en sus páginas, esa parte fundamental de su biografía, sí que afecta al conjunto de la historia. Sin esa parte no se entiende, para empezar, por qué le compró el tren a P. T. Barnum, ¿para promocionar todavía más los encantos de esa enana que ya era estrella en Nueva York y noticia en Europa?, ¿de qué le servía, con ese currículum, conquistar al público de Omaha, de Jalesburg, de Rawlins? Y, por otra parte ¿para qué multiplicar su fortuna con el *show bussines* si podía decuplicarla con el negocio del opio?

El tren que le compró a Barnum recorría Estados Unidos de costa a costa, de Nueva York a San Francisco, era el vehículo ideal, porque iba envuelto en el glamur del espectáculo, para distribuir la droga a lo largo de todo el país.

Cuando Cristino Lobatón subió a su tren en la primavera de 1878 era un hombre nuevo. Era rico, fumaba con gran destreza puros estentóreos, llevaba unos bigotes de puntas impecables y vestía un carísimo ajuar, camisa hecha a medida, plastrón con un alfiler de cabeza de diamante y un imponente chaleco de seda rojo solferino que contrastaba con su camisa blanca y su frac negro, y hacía juego con sus guantes también rojos. Del bolsillo del chaleco, colgaba una leontina dorada que iba conectada a un vistoso reloj, en el que los puntos que señalaban las horas eran una colección en miniatura de piedras preciosas. Parece usted el diablo, le dijo con una sonrisa demoniaca Lizbeth Gabarró, la mujer hirsuta, cuando lo vio subir al tren con ese atuendo que remataban un grueso abrigo de zorro plateado, una chistera del mismo material y un bastón que en el pomo de oro llevaba las iniciales CLX, Cristino Lobatón Xakpún; un curioso objeto que no vuelve a aparecer en sus bitácoras y que quizá sea la cifra más alta que alcanzó la construcción de su nuevo aspecto y que extravió inmediatamente, un detalle, por cierto, nada menor. Que Frank Orbison fuera en el tren garantizaba la presencia de artistas de renombre como el enano Champolión y el

General Tom Thumb, la misma mujer hirsuta y los siameses Cambialegge, esos dos muchachos italianos, o uno solo según se mirara, que tenían cuatro brazos, dos cabezas y un solo par de piernas.

La presencia de Ly-Yu despertó instantáneamente las sospechas, las suspicacias, la desconfianza en bloque de los artistas, de los técnicos y del mismo Orbison, que veían al chino como un elemento tóxico, solapado por Lobatón, que a causa de sus negocios oscuros y de esa contagiosa toxicidad podía llevar a la ruina el espectáculo. La tropa se siente amenazada por el chinito, le advirtió a Lobatón Lizbeth Gabarró, que ya desde entonces, y seguramente desde hacía tiempo, era su confidente, la que le avisaba de ciertos peligros por venir, que veía claramente a través de su poderosa intuición femenina. Pues que se aguanten, porque para eso soy el dueño del tren, le respondió Lobatón en español, que era la lengua que compartían, en la que él le contaba confidencias y ella le advertía de las amenazas y de los arriscos, de los nubarrones que veía formarse en lontananza. El nuevo negocio lo iban desplegando primero en el tren y después, con una progresión digamos gaseosa, en las ciudades y poblados que iba tocando el espectáculo.

Ly-Yu y Cristino Lobatón comenzaron a vender opio en aquel territorio virginal que carecía de referentes para clasificar las píldoras oscuras que iban promocionando discretamente y que procuraban a la clientela una tranquilidad radical, un abismal solaz, una desconexión de las terminales del planeta que ponía a flotar los cuerpos en un amable

132

continente de peraltes uterinos. Esta era más o menos la teoría que manejaba Lobatón, sugerida por Lizbeth, para colocar su producto mientras, simultáneamente, gestionaba los actos y las fuerzas internas e incluso subterráneas de la compañía de artistas. El territorio que empezaban a recorrer era verdaderamente virginal, ninguno de sus clientes, en aquellas poblaciones remotas donde iba parando el espectáculo, sabía nada del opio, todo lo contrario de lo que pasaba en las ciudades importantes de la costa, donde ya había una reacción de la sociedad, no tanto por razones de salud pública, sino como otra de las formas que empezaba a adquirir la xenofobia frente a aquella invasión de chinos, que llevaba a la autoridad a prohibir todo lo que tuviera relación con China. Había una campaña feroz en la prensa contra el *yellow peril*, el peligro amarillo, que encarnaba en noticias escabrosas como la de una mujer que, aturdida por los efectos del opio y atada a su creciente necesidad de la droga, se había ido quedando en el barrio chino de San Francisco, narcotizada en un camastro y violada sistemáticamente por una recua de hombres que se aprovechaba de su nubosa pasividad. Pero en las inmediaciones de Omaha, donde Lobatón comenzaba su negocio, lo único chino que había visto la gente era el mismo Ly-Yu que les vendía las milagrosas píldoras oscuras, una suerte de canicas pequeñas de color marrón oscuro. Las píldoras, en esa etapa de arranque del negocio, eran el formato del opio que más éxito tenía, un soporte mucho más lúdico que el del gotero y el frasco farmacéutico que imponía el láudano, además de que este, igual que la morfina, requerían un trabajo y unas instalaciones de laboratorio en ese tiempo inviables para ese tren lleno de artistas que los llevaba de pueblo en pueblo. Desde que Ly-Yu había puesto sobre la mesa del coche alcoba de Cristino la mole de goma primigenia y había dado forma, con gran habilidad, a la primera píldora de color marrón oscuro, Lizbeth Gabarró había sugerido que aquello podía ser un interesante pasatiempo para los siameses Cambialegge, que todo el tiempo se quejaban, en su inextricable dialecto italiano que sin embargo podía intuirse, de lo mucho que se aburrían cuando no estaban actuando. La alcoba de Cristino era un lujoso vagón, con los interiores de madera oscura y unos gruesos cortinajes que producían una espesa penumbra. Había una cama, un armario, un buró y un tocador labrados con motivos rococó, y una mesa pegada a una de las paredes que ocupaba todo el largo de la alcoba. Ahí en esa mesa montó Ly-Yu su tinglado, puso encima, con gran ceremonia, la materia primigenia. La puso como quien pone la primera piedra de un emporio.

En aquella época en Estados Unidos, escribe el poeta Walt Whitman en uno de sus artículos de periódico, reinaba el "espíritu de destruir-y-volver a construirlo todo". Aquel espíritu generaba el ambiente propicio para inventar negocios desaforados, negocios que en otros tiempos nadie se hubiera atrevido a proyectar, negocios estrafalarios, excéntricos, fuera de toda norma, negocios audaces e intrépidos, justamente como el que estaba echando a andar Cristino Lobatón a bordo de su tren.

El trabajo con la enana estaba rigurosamente sistematizado, el tren iba imponiendo el orden de sus actuaciones y Cristino solo tenía que supervisar las condiciones en las que iba a trabajar su artista. El resto de los *freaks* iban al paso que marcaba con gran autoridad Lizbeth Gabarró. También de la vida íntima de la enana, salvo por las trifulcas con el marido en las que era necesario mediar, se había desentendido Lobatón. Solo intervenía cuando tenía que hacerle ver algún detalle, algún elemento de su performance que no iba con lo que su público esperaba de ella, como la ocasión en que el enano Champolión, su marido, herméticamente borracho y con el único objetivo de hacerle ver a Tom Thumb quién era el dueño de esa mujer, comenzó a magrearla, a tocarle las nalgas y los pechos a mitad del acto, mientras ella hacía como que cortaba una cebollita. El General Tom Thumb los miraba con sorna desde las butacas y en algún momento, para mostrar su desprecio por la escena que impostaba su rival, soltó un ruidoso eructo que había provocado el éxodo de algunas familias. Ya solo en casos como ese intervenía Cristino, cuando el *show* se volvía patibulario y había que reconducirlo de regreso al ámbito familiar, o cuando tenía que poner a salvo a su artista de las majaderías y del maltrato físico que le dispensaba esporádicamente Champolión.

Cada vez que el tren llegaba a una población bajaban los trabajadores, los tramoyistas y los técnicos a montar las carpas, las gradas, las letrinas, las tiendas de refrescos y de suvenires. El montaje abría un espacio de doce o catorce horas, en las que los artistas de un circo estándar hubieran aprovechado para ensayar sus rutinas, pero los *freaks*, cuyo acto consistía básicamente en exhibirse, no tenían nada que practicar y pasaban esas horas de inmovilidad holgando, hablando unos con otros, fumando o bebiendo alcohol. La dinámica cotidiana de aquella *troupe* no se parecía en nada a la del *Freak Museum* de Manhattan, porque en el tren iban atrapados en una intimidad asfixiante, en una inacabable pesadumbre que el negocio del opio, de cierta forma, llegó a aliviar. El opio les daba a los artistas de qué hablar, y a algunos les daba qué hacer, e incluso a unos cuantos les daba una fabulosa vía de escape, les permitía purgar narcotizados el tiempo interminable que se estancaba dentro del vagón.

Todos querían saber para qué servían esas bolitas oscuras. Lizbeth Gabarró contaba, sin haber probado nunca la materia que tenazmente amasaba, todo tipo de sandeces sobre los beneficios y los efectos que producían. La complicidad que Lobatón tenía con esta mujer la había convertido en la pieza clave del nuevo proyecto, ella era el puente entre él y los artistas, era el agente que cabildeaba, la que soltaba bulos o los aniquilaba, la que iba dejando caer, en un vagón, en el comedor, en el interior de las carpas, información que ayudaba a afianzar el nuevo negocio, y sobre todo la presencia del socio chino a bordo del tren, que, como se dijo, al principio había producido un rechazo muy palpable.

Una de las rarezas más llamativas de la biografía de Lobatón es, sin duda, esa pintoresca relación que tenía con Lizbeth Gabarró, la mujer hirsuta. ¿Por qué ese hombre de aspecto más o menos normal, y sumamente rico, flirteaba, y seguramente se relacionaba, con una mujer que tenía vistosos brotes de vello en zonas de la piel que la mayoría de las mujeres tenían, digamos, despejadas? Un vistazo a la iconografía de la época deja muy claro el por qué: Lizbeth era una mujer alta, de cuerpo escultural, con unos "cautivadores ojos verdes", según se explica en varias notas de periódico, y con una boca, una sonrisa y unos dientes que, supongo, hacían olvidar los vellos que, efectivamente, le brotaban de forma muy vistosa. Ante esas fotografías ya resulta menos raro pensar que Cristino Lobatón se sintiera atraído por ella e incluso puede ser que los pelos que cubrían aquel cuerpo celestial, hayan sido un plus, un acicate, el más original de sus encantos. De Lizbeth Gabarró hay muchas fotografías, algunas entrevistas y un largo perfil que publicó una revista (*Women & Women*, febrero, 1894). Se sabe que nació en La Habana, en 1853, en el seno de una familia de pescadores que tenía tres expendios de pescado, en Miramar, en Vedado y en el centro de la ciudad. El patriarca era un viejo catalán que había tenido seis hijos con la madre de Lizbeth y después ella por su cuenta había tenido otros cuatro, con otros hombres, aunque todos habían terminado viviendo en la casona del patriarca, los hijos y los hombres con los que los había tenido, pues en las pescaderías y en las faenas de altamar siempre hacía falta mano de obra, y qué mano más confiable, decía socarronamente el viejo catalán, que aquella que ha palpado con esmero el cuerpo de tu mujer. La última de las hijas de la señora, la décima, había sido Lizbeth. Como su hirsutismo fue muy evidente desde su nacimiento, el viejo patriarca la envió a los seis años a las faenas de las embarcaciones, porque consideraba que en altamar estaría a salvo de las burlas que le hacía la gente a su cuerpo lleno de pelo. Las embarcaciones salían de madrugada y regresaban al anochecer, así que a la niña, fuera de sus colegas de faena, no la veía casi nadie, pero a los ocho años estaba ya cansada de vivir en altamar. Y así se lo dijo a su madre, estoy hasta la coronilla de vivir en altamar, justamente en el momento en que el nuevo novio de su madre, un campeón cubano de ajedrez, acababa de comunicarle que se iba a Nueva York a buscarse un lugar en el ranking mundial, y que se fuera con él porque no podía vivir sin ella. En 1851 se había celebrado el primer torneo internacional en Londres y el siguiente se celebraría, en alguna fecha en el futuro, en Nueva York. No había más datos para embarcarse en esa aventura. Al único de sus diez hijos que se llevó la señora fue a la pequeña Lizbeth, con la que tenía un apego especial, quizá por su defecto físico, por la culpa que sentía al haberla engendrado así y por la responsabilidad que le imponía esa culpa. De otra forma acabarás convirtiéndote en uno de esos fornidos pescadores, fue toda la explicación que le dio para llevársela a Nueva York. Lizbeth era muy pequeña y no recordaba los detalles del viaje, pero la llegada a Brooklyn fue inolvidable. El ajedrecista las esperaba en un pisito cochambroso y oscuro que, sumando sus tres habitaciones, el salón y la cocina, no alcanzaba el tamaño de la habitación que tenía para ella sola en la casona del patriarca catalán. Pero Lizbeth era de talante alegre y optimista, una niña feliz que resistió no solo las inclementes bromas sobre su hirsutismo que hacían sus vecinos de Brooklyn, también la miseria y la depresión que durante un año completo les compartió el ajedrecista, mientras esperaba ese torneo internacional que lo llevaría a la gloria si es que llegaba algún día, cosa que no sucedió porque ya era 1861 y estaban en los albores de la Guerra Civil, un episodio histórico que agudizó la depresión y la miseria que reinaba en la casa. Un vecino que estaba enamoriscado de Lizbeth le sugirió que sacara partido de ese inquietante hirsutismo presentándose en el teatro de P. T. Barnum, en la esquina de Brodway y Ann Street. Lizbeth no entendió del todo lo que le decía el vecino, pues no había tenido oportunidad todavía de aprender el inglés, pero sí que retuvo los nombres de Broadway y Ann Street. Sin perder el tiempo, porque en casa no había más que miseria y depresión, cruzó el puente hacia Manhattan, buscó la esquina, preguntó por P. T. Barnum, que era el otro nombre que había logrado retener, y lo que vino después ya forma parte de la historia del *freak show*.

Además de su talante feliz, Lizbeth Gabarró tenía un notable talento organizativo. La producción de las píldoras se echó a andar bajo la protección de su aura positiva y con el apoyo inestimable de los gemelos Cambialegge, que tenían la ventaja, muy importante porque en la alcoba no sobraba el espacio, de que trabajaban a cuatro manos y ocupaban un solo asiento. Además uno de ellos tenía una habilidad especial con los números que Cristino Lobatón, siempre en guardia y muy sagaz, aprovechó para la contabilidad del negocio.

Antes de salir al exterior con las píldoras, hubo un periodo de producción febril en la mesilla larga de la alcoba y esta fiebre la percibieron los artistas que, como no hacían absolutamente nada, estaban siempre predispuestos a percibir cualquier alteración del ambiente. Al principio Ly-Yu daba las instrucciones, era quién poseía el *know how*, un vasto conocimiento que tenía desde que era un niño en Veracruz y seguía las instrucciones de Dalila, su madre que, como puede suponerse, no tenía tiempo de amasar bolitas por estar amasando las cabezas, los torsos, los tríceps y otras partes de los clientes que daban vida y sentido a su burdel. Amasaban las píldoras sentados en unos bancos que, al ser la alcoba tan delgada, estaban embutidos entre la cama y la mesilla, mientras Cristino se paseaba de la máquina al *caboose*, viendo que todo estuviera en orden, consultando ocasionalmente el reloj que llevaba en el bolsillo del chaleco solferino y echando esos nubarrones de humo, las nubes *mammatus* que le había visto echar a P. T. Barnum.

Los primeros clientes de las píldoras fueron los indios chikuapawa. Criaturas de la luz, eso quiere decir chikuapawa en la lengua que hablaban esos indios. Cristino Lobatón entró en contacto con ellos en Omaha. Mientras los mecánicos reparaban las máquinas, que se habían averiado una detrás de otra, y los técnicos montaban las tiendas del *show*, Lizbeth Gabarró y Lobatón caminaban por la calle principal, ella en busca de un vestido azul y un sombrero, y él rumbo al bar a espantarse con un trago el traqueteo del tren. Ly-Yu y los gemelos Cambialegge amasaban píldoras en la mesilla, faltaban unos días para empezar a vender la producción, quizá en el siguiente pueblo según el cálculo de Ly-Yu, pero en cuanto Lobatón se acodó en la barra el plan cambió. El bar era de maderas oscuras, como su alcoba, había mesas bajas y redondas, un piano para las juergas nocturnas y del techo colgaba una enorme lámpara, que era en realidad una rueda de carreta con pequeñas lámparas de aceite en los extremos de cada uno de los radios. Era un sitio penumbroso con un barman que a esas horas de la mañana limpiaba con un trapo un vaso tras otro, les quitaba el polvo que levantaban todo el tiempo los caballos en la calle principal, y que caía encima de los vasos como si estuvieran a la intemperie. En cuanto Lobatón se acodó en la barra sintió la presencia del jefe chikuapawa, que bebía refugiado en el extremo del bar, solo en una mesa. Resulta sintomático que Lobatón escribiera en su bitácora que "sintió" la presencia, y no que lo vio o advirtió que había alguien más ahí. El caso es que inmediatamente se sintió atraído por el indio solitario, no sabía que chikuapawa quería decir criaturas de la luz pero vio exactamente eso, una criatura luminosa a la que se acercó con cautela. Quisiera invitarle otro trago, dijo, y el jefe, que hasta ese momento se daba cuenta de que había alguien más en el bar, se le quedó mirando con desconfianza, seguramente porque le resultaba difícil concebir en ese entorno a un parroquiano de sombrero y abrigo de zorro plateado y chaleco rojo solferino. Es usted el del tren, dijo después de aceptarle el trago. Los chikuapawa tenían su pueblo en un claro en medio del bosque, no muy lejos de Omaha, y durante los meses más crudos del invierno emigraban a otro sitio más al sur en el que, por una extravagancia hidrológica muy puntual, que ellos tenían detectada desde el principio de los tiempos, había un invierno muy benigno. Aquel sitio era una suerte de península, ribeteada por el río Makapihui, que nacía de un manantial volcánico y todo el año conservaba sus aguas cálidas. El de los chikuapawa era un pueblo portátil, una aldea de arquitectura ligera y trasplantable, uno de esos poblados que hacen pensar en lo excesivas que son las casas de piedra, construcciones pesadas e imprácticas que se edifican con la idea

143

de que duren para siempre. ¿Por qué si las personas tienen una vida corta, efímera, volátil, se empeñan en construirse casas para siempre?, pensó Lobatón la primera vez que vio de lejos el pueblo chikuapawa, y apuntó ese pensamiento en su bitácora.

Cristino era un hombre con una importante vena mística, creía en los signos, en la configuración de los astros y en su mapa secreto, creía en el poder de la naturaleza, en ese sofisticado engranaje que, con un escrupuloso orden mecánico, va dando paso a los acontecimientos y también *veía,* como ya se ha establecido en otra página, esa liga que une a todos los elementos del planeta, los seres vivos y los seres inanimados, los cuerpos terrestres y astrales navegando en el flujo mesmérico, ese fluido universal común que entraba y salía de los cuerpos por un sistema de canales eléctricos. De su madre india había aprendido que el hombre contiene al universo, así como una gota de lluvia contiene al cielo entero. Lobatón era un pueblerino que había salido al mundo, había recorrido toda la escala municipal, del pueblo arcaico que lo había visto nacer al Manhattan en plena expansión hacia el futuro, y esto lo convertía en un hombre indiscutiblemente moderno que era parte, aunque esto él no lo sabía, de esa inteligencia pagana, progresista, pre científica y simultáneamente mística, apegada a los poderes de la tierra que movía las conciencias a finales del siglo XIX. Eran los tiempos del Magnetismo Animal, del Mesmerismo y de la Frenología, doctrinas que pronto serían avasalladas por el monopolio científico de la medicina, por la producción industrial y por la economía de consumo. Seguramente por esa vena mística, aun cuando Ly-Yu le había dicho que todavía no tenían producción suficiente para empezar a vender, Cristino decidió inaugurar su negocio ahí mismo, en la mesa del bar de Omaha. Ahí mismo le contó de su proyecto de negocio al jefe chikuapawa, tuvo el pálpito de que ese hombre representaba el principio, en él veía la luz y a través de él iría hacia la luz. En esa mañana, whisky tras whisky, Lobatón y el jefe cerraron un pacto, ambos eran la liga entre los dos mundos, eran modernos y arcaicos y, a pesar de que Cristino iba con su abrigo suntuoso, con su puro cubano y su bigote puntiagudo, no tenía ninguna duda de que los chikuapawa eran de los suyos, podía entenderse con ellos a la perfección y le parecía que tenerlos a ellos como su primera clientela significaba empezar el negocio arropado por su gente. Y así, de frac, abrigo y plastrón de color violáceo, con unas botas de piel de víbora que Lizbeth le había comprado para la ocasión y un puro enorme forjado en La Habana y también comprado por Lizbeth, llegó al día siguiente Cristino al pueblo chikuapawa acompañado por Ly-Yu, que llevaba el alijo y dos caballos extra y así, con su chaleco y sus guantes rojo solferino, se sentó frente a su amigo el jefe, frente al fuego que caldeaba el interior de la tienda y que producía una columna de humo que escapaba por la ligadura, por el punto en el que se juntaba el haz de palos de madera que constituía la nervadura de la tienda. En la ligadura estaba el hueco por donde salía el humo, pero también el espacio por el que se colaba el mundo superior y las fuerzas celestes. La vida espiritual de los chikuapawa se articulaba desde aquella abertura, desde aquel agujero que se formaba entre los palos que estructuraban sus tiendas. Esto fue lo que explicó el jefe después de que Lobatón sacara un estuche de puros del bolsillo de su abrigo y le ofreciera un largo habano. Luego hablaron de ese negocio que estaban a punto de emprender. Quizá el jefe haya probado una píldora antes de dar su beneplácito, o quizá no, pero el caso es que debe haber visto en la propuesta de Lobatón, en el porcentaje de las ganancias que le ofrecía ese hombre elegante de bigotes puntiagudos, la oportunidad de financiar cosas que necesitaba su gente, herramientas, caballos, cabezas de ganado, las ganancias eran muchas y podían comprar todo lo que hiciera falta. La idea de Lobatón era articular, a través de los chikuapawa, una red de distribución de opio que al principio trazó en la zona de influencia del río Makapihui, Platte, Fremont, Cedar Bluffs, Prague, Bellwood, Schuyler y otras poblaciones que entre el jefe y él fueron marcando en un mapa. Ly-Yu, con el *know how* que llevaba desde Veracruz, había explicado a Lobatón que para que la distribución fuera efectiva, para que el opio fluyera de manera armónica y se fuera colando en todos los intersticios de la ruta, era necesario cuadricular el mapa y nombrar un responsable en cada zona, un aliado, dijo Ly-Yu, como sería el caso del jefe chikuapawa, o el boticario, el tendero, el dueño del establo en los pueblos y villorrios que fueron abordando posteriormente. La trama de distribución se diseñó en función de las estaciones de tren y a partir de aquella conversación fundacional entre Cristino Lobatón y el jefe chikuapawa, el negocio del opio se echó a andar y muy pronto empezó a crecer dentro del margen que ofrecía la producción artesanal, más bien de alcoba, de la que salían las píldoras. Lobatón todavía pensaba que aquel era un negocio que podía compaginar perfectamente con el *show bussines*, pensaba que había que ver esos negocios dispares como dos criaturas de la misma familia que salían del mismo tren. Pero el tiempo se encargaría de demostrarle lo contrario. El jefe chikuapawa y Lobatón deben haberse dado la mano para cerrar el trato y probablemente después se hayan encontrado con Ly-Yu, que esperaría afuera de la tienda con los paquetes que iban a dejarle a su primer socio y con los dos caballos que habría ofrecido Lobatón para que a partir de entonces dos jinetes chikuapawa se ocuparan de la distribución en esa zona, de ir cubriendo periódicamente el tendido que habían trazado esa mañana en el plano. Y quizá al ir cabalgando de regreso a Omaha, donde seguía estacionado el tren, Lobatón haya advertido que llevaba los faldones del abrigo de zorro llenos de lodo. ¡Puta madre!, debe haber dicho, voy hecho una porquería.

Después de la entrega a los chikuapawa, Ly-Yu
aceleró la producción para que Cristino pudiera dejar dos paquetes al boticario y uno al dueño de la
ferretería, antes de que el tren partiera de Omaha
rumbo a Jackson y Elm Creek. Tomasa y Fermín
se integraron a regañadientes a la cadena de producción de Ly-Yu, cada par de manos disponible
era necesario para sacar adelante el trabajo, y las de
los padres de la vedet, más que estar disponibles,
llevaban mucho tiempo sin dar golpe. La medida
de Ly-Yu fue un acierto, puso a su servicio cuatro
manos más, pero también fue la causa de que Lobatón se viera nuevamente, como en los tiempos
cada vez más lejanos de la Exposición de Filadelfia,
compartiendo el mismo habitáculo que la familia
Zárate. Antes de que Ly-Yu los reclutara, Lucía ya
había recalado en la alcoba de su *manager* porque
el enano Champolión combinaba la agresión física
con su nueva afición a las píldoras de Ly-Yu, así que
cuando no la emprendía a mamporros contra ella,
se instalaba en un babeante nirvana que a la vedet
le resultaba sumamente desagradable. Lobatón no
solo toleraba el nuevo vicio del enano, también lo
veía con buenos ojos, le parecía que esa versión de
Champolión era menos violenta que sus arranques

148

libidinales en pleno espectáculo. Después de todo, y con todo y su fama, Champolión era el personaje secundario, el que daba bola a la estrella mexicana y, mientras más periférica fuera su presencia, más tranquilo se quedaba Cristino. A Lucía también le iba mejor la nueva versión de su marido, ya no me molesta, decía con su vocecita, ya no quiere subírseme todo el tiempo arriba, decía, y mientras lo decía Lobatón celebraba el beneficioso efecto que esas píldoras tenían en Champolión. Ese efecto beneficioso invadió también muy pronto al General Tom Thumb; los dos enanos, que eran los personajes más conflictivos de la *troupe*, ya no molestaban y eran aparentemente felices o, mejor, estaban en otra dimensión más allá de la felicidad. En las parrafadas que Lobatón dedica a este asunto en su bitácora, no parece que la incursión de los enanos en el mundo de la droga le genere algún conflicto. Seguramente porque ya los dos eran dipsómanos y el opio, que en esa época era poco más que un divertimento, producía en ellos, más o menos, el mismo efecto, quedaban fuera de combate, tirados en la cama o en el suelo, con el torso derrumbado sobre la mesa, pero con la diferencia de que ya no la emprendían a golpes contra alguien, o algo, cuando se les subía la sustancia a la cabeza. *El aspecto de los enanos es deprimente pero, si siguen trabajando al mismo ritmo y mi enanita puede disfrutar de una tranquilidad que no había experimentado desde el día de su boda, ¿qué más da que se pongan así?*, anota Lobatón en su bitácora, y nunca más vuelve a interesarle la adicción de los enanos que, en el caso de Champolión, tendría escandalosos episodios durante la gira europea. Los enanos seguían cumpliendo con sus obligaciones, como anota Cristino, Champolión ligeramente desganado en su papel de comparsa de Lucía, cosa que le iba bien a su naturaleza acelerada, y Tom Thumb haciendo sus números históricos, fumando y bebiendo y con un discurso más excéntrico, eso sí, decididamente lunático, cosa que no importaba nada porque la gente ni oía lo que decían los enanos, asistían al *show* para ver con sus propios ojos a esas pequeñas criaturas grotescas, querían verlos moverse, hablar y manotear, para contar después durante muchos años, en cada ocasión que pudieran hacerlo, que una vez habían visto al famoso General Tom Thumb, al célebre enano Champolión y a la increíble Lucía Zárate, la mujer más pequeña de la Tierra.

Los gemelos Cambialegge combinaban su *show* con el de los otros artistas. Su acto consistía en echarse sobre un elegante cojín, una fina pieza blanca primorosamente bordada por un artesano milanés, en un espacio de la gran carpa que compartían con el hidrocefálico, el andrógino y el albino, el obeso mórbido y el hombre lagarto. En cambio Lizbeth Gabarró tenía una carpa para ella sola, el público entraba y esperaba expectante a que subiera a la tarima y ella hacía crecer esa expectación, no actuaba más que de noche para poder desplazarse como una silueta, como una sombra, antes de colocarse debajo de la lámpara y hacer una coreografía erótica en la que el único sonido que se percibía era el del tafetán del vestido rozando rítmicamente los vellos de sus muslos, los de sus brazos, y los deslizamientos de la palma de sus manos subiendo y bajando de las rodillas a la larga superficie del tórax, a la base de los pechos, sin tocarlos, y de ahí otra vez abajo mientras su público, invariablemente masculino, la contemplaba en un respetuoso silencio que al final, cuando ella se despedía con una garbosa caravana, la recompensaba con un aplauso estruendoso y con un sólido bombardeo de gritos de todos los colores. En varias de las bitácoras consta que

Lobatón procuraba no faltar a las actuaciones de Lizbeth y que los *piropos*, así llamaba a las gruesas guarradas que le dedicaba su público, y que él tenía el cuidado de transcribir puntualmente, no hacían más que *confirmar el talento* de esa mujer. También consta que cada vez asistía menos a las actuaciones de la diva mexicana y que a la carpa de los *freaks*, donde se exhibían los gemelos Cambialegge, no entraba nunca. Aunque él decía reiteradamente lo contrario, se percibe que ya desde entonces le entusiasmaba más su nuevo negocio que el *managing* de la vedet mexicana, que a esas alturas prácticamente controlaba Lizbeth Gabarró. Los enanos y el resto del elenco estaban bajo la supervisión de Frank Orbison, que aparece cada vez menos en las bitácoras de su socio, como si ya desde entonces empezara a expulsarlo de su vida.

La historia de los gemelos Cambialegge es de una conmovedora oscuridad. Giacomo y Giovanni Battista nacieron en Locana, Italia, en un año que no ha podido quedar bien establecido pero, en la época del *freak train* tenían más o menos la edad de Lucía Zárate. Como no eran más que dos hermanos siameses que se exhibían y no tenían ningún talento especial, no han sido nunca el objeto de biógrafos ni de historiadores, como sí suelen serlo los políticos, los artistas y los deportistas, los empresarios y los exploradores que llegan a zonas ignotas del planeta. La información sobre los Cambialegge se encuentra dispersa en una serie de datos cuya sistematización me llevaría a desviar esta historia rumbo a su tortuosa biografía, lo cual no es, desde luego, mi intención. Para la presencia que tienen los siameses en estas páginas, basta con una breve, pero imprescindible, biografía panorámica.

Los gemelos Cambialegge estaban unidos a partir de la sexta costilla, de ese punto hacia arriba eran dos personas y hacia abajo una sola. Voy usando el término "gemelos" y "siameses" como sinónimos, aunque me queda claro que no lo son exactamente; lo hago porque me he dejado llevar por la terminología en inglés, la lengua en la que su historia existe, que los englobaba en una fórmula compuesta, *siamese twins*, gemelos siameses, aunque también es verdad que los periódicos de la época hablaban solo de los Cambialegge *Twins*, sin el *siamese*. Así que fundamentado en la elasticidad de la nomenclatura histórica de estos muchachos, e ignorando, porque no existía en el siglo XIX, el término moderno de *conjoined twins*, sigo adelante. El pueblo de Locana está en la región de Piamonte, en la parte baja del Valle del Orco. Vito, el padre, experimentó un acceso de locura, un extravío, cuando vio en los brazos de la comadrona a la criatura con dos cabezas que había sacado del interior de su mujer. Su mujer yacía exhausta y mientras la comadrona limpiaba a las criaturas e improvisaba qué hacer a continuación, Vito Cambialegge salió de su casa en un estado de alienación tal que fue retenido por la gendarmería del pueblo y después remitido al manicomio de Turín, que era el que quedaba más a mano. No se sabe si Vito se volvió loco de verdad o si lo que quería era escapar de los hijos malformados que había engendrado. Estos datos han quedado registrados porque los Cambialegge Twins llegarían a ser muy famosos en Estados Unidos, aunque no tanto como Lucía Zárate, y en el clímax de aquella fama la gente quería saberlo todo de sus artistas predilectos. La historia de estos gemelos está tan trufada de excentricidades que el escritor Mark Twain escribió un cuento inspirado en ellos, *Those Extraordinary Twins*, que después se convertiría en una serie de capítulos, publicados durante 1883 y 1884 en la revista *The Century Magazine*, y posteriormente se editaría como novela con el título *Pudd'nhead Wilson*. En esta novela los gemelos aparecen separados, cada uno con su cuerpo y un poco relegados al papel de personajes secundarios, subordinados a las tramas vitales de David Pudd'nhead Wilson, Roxy, Tom y Chambers, personajes típicos de Mark Twain que compensaban la rareza, la tremenda escatología de *those extraordinary twins*. La compensación de Twain es literariamente impecable, pero deja la sospecha de que quiso suavizar la violenta estampa de los dos cuerpos unidos por la sexta costilla, lo cual sería el albor de la corrección política en esa época en la que el *freak show*, la exhibición pública de personas malformadas o contrahechas, no estaba mal vista y gozaba de un sólido prestigio y, además, se argumentaba en favor de la existencia de este tipo de espectáculo: si estos hermanos siameses, o esa enana o esa mujer hirsuta no se exhiben ¿de qué van a vivir?; ¿está bien, en aras de la corrección política, dejar a esas personas sin la posibilidad, no sólo de ganarse la vida, sino de volverse muy ricas? El razonamiento es opinable pero muy pertinente.

Los Cambialegge tenían dos cabezas, dos cuellos y cuatro brazos y a partir de ahí, de la sexta costilla como ya he dicho, los dos cuerpos se convertían en uno solo, con dos piernas (cada gemelo controlaba la suya), aunque tenían dos corazones, dos estómagos, dos juegos de pulmones, dos diafragmas y compartían el intestino, el ano y el pene.

Como puede suponerse, estos hermanos tuvieron una infancia singular. Vito, el padre, volvió del manicomio seis meses después, no se sabe si ya curado o todavía loco, precisamente cuando era su mujer la que se estaba volviendo loca con el trabajo que le daban sus hijos. El punto de inflexión llegó cuando Giovanni Battista y Giacomo cumplieron cuatro o cinco años y sus padres, no sabiendo qué hacer con esos niños, o con ese niño doble que tenía una sola cama y ocupaba un sola silla en la mesa pero dos platos, dos tenedores y dos vasos, los vendieron a un circo que paraba todos los años en Locana. El circo los exhibió, durante un año, en ciudades de Italia, Suiza, Alemania, Austria, Polonia y Francia. Los padres empezaron a recibir jugosas cantidades de dinero por las actuaciones de sus hijos, y además se libraron de la obligación, nada sencilla, de cuidarlos. Giacomo y Giovanni Battista pasaron de ser los elementos que se llevaban a pique a la familia, a convertirse en los proveedores que la mantenían no solo a flote, sino con una serie de lujos que mejoraron sustancialmente la vida de Vito y su mujer. En cuanto el circo propuso renovar el contrato los padres aceptaron inmediatamente y así,

155

de renovación en renovación, los gemelos pasaron once años de gira ininterrumpida.

Cuando los siameses acababan de nacer el médico de Locana, y más tarde un especialista que tenía su consulta en Turín, calcularon que aquellas criaturas vivirían unos meses, un año a lo sumo. Los dos se equivocaron de forma escandalosa pues, cuando llegó la gran oferta que se los llevaría a Estados Unidos, los Cambialegge Twins tenían alrededor de dieciocho años y gozaban, al margen de aquello que padecían, de una salud excelente.

Los siameses tenían temperamentos distintos. Giacomo era "inteligente y artístico" y Giovanni Battista, "idiota", de acuerdo con una nota publicada en el *New York Daily* en 1877. En esa misma nota también se maneja la información de que se desplazaban "con un aparatoso bamboleo". El tronco, con sus dos piernas, soportaba mal el peso de las dos cabezas y los cuatro brazos, de manera que sus actuaciones eran estáticas, la gente se agolpaba para mirarlos yacer en un gran cojín y desde ahí, desde su cómoda inmovilidad, saludaban a su público moviendo sus cuatro brazos o a veces Giacomo, que era el siamés inteligente, algo decía, expresaba su agradecimiento o desarrollaba un inexpugnable gracejo en su dialecto italiano, que servía para demostrar al público que esa criatura estrafalaria podía hablar. Además la nota del *New York Daily* decía que Giovanni Battista, el idiota, bebía solamente agua y que en cambio Giacomo prefería la cerveza, lo cual producía, con cierta frecuencia, un serio conflicto fisiológico, pues cada bebida entraba por una boca y bajaba por un esófago, pero al llegar al estómago coincidían y seguían circulando ya mezcladas por la parte inferior del cuerpo y así, bien mezcladas, subían de vuelta a las dos cabezas. Cada vez que sobrevenía el serio conflicto fisiológico, que era siempre que Giacomo bebía cerveza, los siameses se peleaban a manotazos con una preocupante intensidad, hasta que llegaba el momento en el que se quedaban enganchados, convertidos en un nudo que tenía que deshacer una tercera persona. En una breve nota que encontré en la hemeroteca electrónica del diario *The Boston Star*, el periodista habla de la impresionante facilidad que tenía Giovanni Battista, el supuesto idiota, para los números, y habla de la forma en que el siamés había multiplicado, en la bolsa de Nueva York, el dinero que ganaban con sus actuaciones.

En el año 1890, después de la desaparición de Cristino Lobatón, *The Cambialegge Twins* decidieron regresar a Italia, no a Locana, el pueblo miserable que los había visto nacer, sino a una villa que compraron en Venecia. A partir de su retiro la historia de los Cambialegge se dispara en varias direcciones, o más bien debería decir se disparata. De toda la información que hay sobre la vida que llevaban en su lujosa villa veneciana haré una suma, más o menos sensata, de lo que puede haber sido el resto de su existencia. Se dice que vivían encerrados, que no salían nunca y que tenían una abundante servidumbre que los ayudaba a resolver sus incontables dificultades cotidianas, comenzando por la de su desplazamiento bamboleante que, con la edad, se había vuelto dramático. Se dice que en 1904, aunque no se explica de qué manera ni bajo qué circunstancias, los Cambialegge se casaron con dos mujeres, y también se dice que murieron en 1912. Hay una publicación italiana (*Lettere di Venezia*, mayo, 1990) en la que se asegura que los Cambialegge tuvieron dos hijos, lo cual nos lleva a especular sobre su excepcional entramado familiar: los hijos eran de los dos, puesto que compartían el mismo pene, sin embargo cada uno tenía su mujer; esto quiere decir que cada hermano era marido de su esposa y amante de su cuñada y que los hijos tenían un padre que simultáneamente era su tío. Se dicen también otras cosas, menos serias y todavía más fantasiosas, que ya no anotaré aquí para no desviarme de la historia principal.

Fuera del territorio de los chikuapawa, Lobatón buscaba en cada pueblo un cómplice que les ayudara a vender el opio y después Ly-Yu cerraba la operación, con un aséptico intercambio de paquetes por dinero. Muy pronto habían detectado el arraigado prejuicio que existía contra los chinos y habían decidido que la cara del negocio fuera la de Cristino, que, aunque también era extranjero, para esas alturas de su vida ya llevaba el aura de gran empresario del espectáculo, era el socio de P. T. Barnum y gozaba de una modesta celebridad que era perfecta para ir introduciendo en cada pueblo sus píldoras. Lobatón localizaba a la clientela, explicaba las virtudes de su producto y llegaba a un acuerdo que más tarde, sin decir una palabra, como si en vez del socio fuera el recadero, completaba Ly-Yu.

El *American Phrenological Journal* publicó, en octubre de 1879, una nota sobre la visita del tren de los *freaks* (*freaks train*, dice textualmente) a Reno. Se trata de un artículo en el que se ensalza ese espectáculo "sublime", que "parece transportado desde la Inglaterra victoriana" y que "hace ver a niños y adultos los extraños derroteros que observa la naturaleza". El texto no tiene que ver con la frenología, aun cuando el periodista incide sistemáticamente en la

159

"descomunal proporción del cráneo del hidrocefálico". Pero el diario sí que estaba dirigido por un famoso doctor frenólogo, Timothée Deschamps, un
discípulo aventajado de Lorenzo Fowler, el pope de
la frenología en esa época. Timothée Deschamps
estaba en la ciudad no se sabe si con motivo del espectáculo de los *freaks*, o dando alguna charla sobre su especialidad o atendiendo a algún paciente;
en cualquier caso, el artículo viene ilustrado con la
fotografía de una mesa larga en la que puede dis-
tinguirse al doctor Deschamps, a un hombre chino
que debe ser Ly-Yu y a un par de mujeres risue-
ñas y emperifolladas que pueden ser, por sus edades, la mujer y la hija del doctor Deschamps, ¿o su
secretaria y su querida? Al lado del doctor está "el
diputado mexicano y *showbussines tycoon* Cristino
Lobatón" (dice textualmente el pie de foto) acompañado por Lizbeth Gabarró, que está sentada a su
lado, con su resplandor habitual, y en medio de los
dos, de pie encima de la mesa, está el centro de la
fotografía y de absolutamente todas las miradas,
que es "la increíble Lucía Zárate, la mujer más pequeña de la Tierra que, en persona, es todavía más
pequeña", dice con cierto atrevimiento el periodista. La mesa está llena de copas y de botellas a medio beber, los hombres llevan puros en la mano y
las mujeres sonríen con coquetería, sobre todo Lizbeth, que ensaya esa irresistible sonrisa suya, parece una de esas cenas en las que todos han comido
y bebido espléndidamente, y se han reído y diver-
tido mucho. Una de esas cenas en las que cualquiera desearía estar. En esta fotografía del *American*

Phrenological Journal queda establecida la relación que ya para entonces tenía Cristino Lobatón con la frenología, con el mesmerismo o *animal magnetism* y, sobre todo, con el editor de la publicación, el mismo doctor Deschamps, que más tarde jugaría un papel crucial en la gira por Europa que Lucía Zárate y parte del *freak show* harían por Europa.

El doctor Deschamps sería la persona más influyente en ese último tramo conocido de la vida de Cristino Lobatón. Era un hombre sabio ya de cierta edad que le daba consejos, le regalaba diagnósticos, le enseñaba diferentes tipos de vino francés, platillos estrambóticos, lecturas imprescindibles que Lobatón citaba pero no leía, y además era la única persona con la que Cristino hablaba en francés y la única que en lugar de llamarlo Lobatón se dirigía a él con un entrañable *cher Monsieur Le Bâton*. Aquella fotografía también sugiere que Lizbeth no solo era la persona de confianza de Cristino; la cercanía de los cuerpos, la forma en que hacen contacto los hombros, la mano derecha de él sosteniendo su enorme puro, y la izquierda de ella sobre la mesa, sujetando con dos dedos un largo cigarrillo, o quizá uno de tamaño normal con una larga boquilla; esa configuración de las manos indica, a mi parecer que las otras dos, la izquierda de él y la derecha de ella, se enlazan por debajo de la mesa, fuera del campo visual de la fotografía. Ella va con un vestido que le deja los hombros descubiertos y él con un chaqué y un plastrón que, aunque la imagen es en blanco y negro, parece de un color estentóreo. Pero lo que más impresiona de esa fotografía es la luz, la energía, la electricidad que transpira la diva mexicana; todos la miran embelesados mientras ella mira desafiante al fotógrafo; es la única persona, de las que componen esa imagen, que está mirando la lente de la cámara. En cuanto vi esa fotografía entendí que Lucía era, al margen de sus inverosímiles características físicas y de su molesta pasividad, un animal escénico, una mujer llena de poder que era capaz, desde ese retrato que alguien le hizo hace más de cien años, de dejarme sin aliento.

En cuanto escribí, hace unas líneas, "la electricidad que transpira la diva mexicana", pensé que el título que le puso Cristino a sus memorias incompletas, "El cuerpo eléctrico", tiene que ver también con ella, que fue el núcleo, la pieza maestra sin la cual él no hubiera sido quien fue. El cuerpo eléctrico de la vedet es el generador de luz que alumbra la biografía del empresario, aunque él puso ese título porque el doctor Deschamps se lo había sugerido, a partir de un razonamiento barroco, demasiado elaborado y un poco petulante, menos nítido que el motivo que, con toda modestia, acabo de encontrar. Lucía Zárate es el cuerpo eléctrico, la electricidad que transpira es lo que pone en movimiento esta historia, es un elemento pequeño y silencioso, modesto a pesar de su fama mundial, es como esa gota mínima que con tanto empeño buscaban los alquimistas, que al entrar en contacto con el *opus nigrum,* transformaba la materia en oro.

Entre la primavera de 1878 y el otoño de 1881, el *freak train*, o el tren del opio, atravesó varias veces, de este a oeste, Estados Unidos. Todos esos años los pasaron a bordo Lobatón y su *troupe*, montando y desmontando su espectáculo, llevando su arte a todos los pueblos que quedaban cerca de las vías del tren. Después de la primera gira, al cabo de esos meses en que levantaba en cada pueblo el dinero que dejaba el espectáculo, más el que le dejaba la venta de opio, Lobatón se había convertido en un hombre todavía más rico, se había comprado un edificio en Manhattan donde tenía planeado montar sus oficinas y reservarse el último piso, que tenía unas vistas magníficas de la ciudad, donde pensaba fundar su primera casa en Estados Unidos. Esto último era, de acuerdo con una anotación en su bitácora, idea de Lizbeth Gabarró, *yo hubiera comprado otra cosa*, escribe Lobatón, *pero la hirsuta se puso necia con las vistas*. La vida frenética que llevaba, yendo y viniendo con sus artistas de Nueva York a San Francisco y colocando el opio a todo lo ancho del país, era incompatible con el plan de asentarse en una casa estática. Su casa fue durante esos años, y casi hasta el final de su vida conocida, su alcoba del tren, una vivienda móvil que compartía su naturaleza portátil con las tiendas del pueblo chikuapawa. Una coincidencia que no es ninguna casualidad, sino el producto del desapego y la ligereza que compartía, desde su vena totonaca, con los habitantes de ese pueblo. En cambio el edificio sirvió como *pied-à-terre* a Ly-Yu, que regresaba constantemente a Manhattan por la materia prima de las píldoras, en una sección de dos vagones con su máquina, que se enganchaba y se desenganchaba del *freak train*.

Durante esos años el negocio del opio no paró de crecer. Los chinos de la calle Canal, que habían ampliado su negocio gracias a ese barco que llegaba a Veracruz y que Ly-Yu había enrutado hacia

Nueva York, abastecían continuamente los pedidos, cada vez más voluminosos, del tren del opio. El crecimiento del negocio también modificó el diseño del tren y el tamaño de la cuadrilla de trabajo, que al principio era el mismo Ly-Yu con los gemelos Cambialegge y el añadido de Fermín y Tomasa. Llegó un momento en que tuvieron que reorganizarlo todo, engancharon al tren dos nuevos vagones, acondicionados con mesas largas, en los que viajaba una cuadrilla de empleados chinos, ajenos al *freak show*, que habían sido contratados específicamente para amasar, pesar y empaquetar las píldoras. Lo que había empezado como un provechoso quehacer familiar se había convertido en un pujante negocio que se expandía a la velocidad del ferrocarril, y el baremo que había establecido Lobatón de no anteponer el negocio del opio a la carrera de su enanita del alma, comenzaba a emborronarse. A pesar de que se trataba de una decisión muy firme y, según dice textualmente en sus notas, "del todo inamovible", queda claro que después de la primera gira el negocio del opio condicionaba el ritmo y la ruta del *freak show*. Cristino sostiene por escrito en varias ocasiones que su prioridad era "la carrera de Lucía", pero si se analizan esos años de gira con objetividad, se llega a la conclusión de que ese viaje interminable, ese bucle entre Nueva York y San Francisco, obedecía claramente a la demanda de opio de su clientela, no al deseo del pueblo estadounidense de ver, hasta cuatro veces en un año, el mismo *show*. Las notas de Lobatón muestran una gira exhaustiva, por un montón de pueblos donde seguramente no había público suficiente para llenar varias veces al año las carpas de su espectáculo. Es probable, incluso, que aquellas giras interminables de sus artistas, lejos de dejar ganancias, le costaran dinero.

En sus notas abundan las listas de poblaciones en las que iban montando el *show*, largas ráfagas de nombres como: "Albany, Utica, Buffalo, Detroit, Chicago, La Salle, Davenport, Desmoines". O como: "Omaha, Jackson, Elm Creek, Julesburg, Potter, Cheyenne, Laramie, Rawlins, Bitter Creek, Bryan, Ogden, Corine, Kelton, Independence, Elko". O como: "Winnemucca, White Plains, Reno, Truckee, Colfax, Sacramento, San Francisco".

La ruta parece exhaustiva, tocaba cada punto de esa línea que cruzaba el país de orilla a orilla, y esto sin contar los pueblos intermedios y los que estaban más alejados del ferrocarril, hacia donde se internaba un contingente de jinetes que Cristino tenía a sueldo a lo largo de las vías. ¿Cómo controlaba a ese ejército de empleados que veían a su jefe exclusivamente cuando pasaba por ahí en el tren? En realidad Lobatón no había hecho más que desplegar el sistema que había diseñado con el jefe chikuapawa, esa cuadrícula que establecía un vibrante tendido que lo ponía todo en contacto dentro de un ordenado engranaje o, para ponerlo en términos prácticos, tenía un montón de aliados a lo largo de las vías que iban ganando dinero en la medida en que hacían producir más dinero al jefe. Se trataba de una organización elemental que se parece a la que siguen utilizando los capos del narcotráfico en el siglo XXI.

Cristino Lobatón, sin saberlo, en aquella época del "espíritu de destruir-y-volver a construirlo todo" que señalaba el poeta Whitman, estaba inventando una industria que en el futuro pondría de cabeza el planeta. De manera que la ruta, más que la de un circo ambulante, era inequívocamente la de un narcotraficante. El término no existía entonces, apenas existía el concepto y, como se ha dicho más arriba, la manufactura y distribución de droga tenía un margen de operación que con el tiempo iba a desaparecer o, más bien, a reencausarse. Según se sugiere en las notas de Lobatón, el opio despertaba un creciente recelo que él achacaba al racismo contra los chinos y contra todo lo que tuviera que ver con ellos. Pero aquel recelo no podía deberse solo a eso, el opio era una poderosa droga que había provocado dos guerras, no era solo un asunto de xenofobia y da la impresión, por lo que él mismo anota, de que Cristino sabía que ese negocio duraría poco, que una transacción que dejaba tantas ganancias no tardaría en ser prohibida, o mejor, monopolizada por el poder, y que más valía no significarse mucho, no ampliar demasiado el mercado, optar por la distribución discreta y no tener una base de operaciones fija, para lo cual su tren de artistas funcionaba a la perfección.

La estancia del *freak show* en los pueblos y ciudades que iba tocando la gira tenía diversas duraciones. A veces estaban cuatro o cinco días en ciudades grandes como Chicago o San Francisco, y dos o tres, o incluso uno solo, en poblaciones menos importantes como, digamos, Elko, como, por ejemplo, Colfax, como Winnemucca, vamos a decir. No había una regla y al parecer la duración de la estancia estaba definida por una cuestión de orden práctico: si no había quórum la *troupe* iba a plantar sus carpas al siguiente pueblo. El ritmo en general tenía cierta lógica, excepto cuando el tren se estacionaba en Omaha y el calendario de la gira entraba en una suerte de limbo que podía durar, de acuerdo con las anotaciones de Lobatón, diez, quince y hasta veinte días, lo cual es la prueba contundente de que el negocio del opio, que tenía su epicentro espiritual cerca de ahí, en el pueblo chikuapawa, estaba por encima del *freak show*. Es de suponer que aquellos limbos estaban, más o menos, programados pues, de otra forma, si se hubiese tratado de un arrebato, de un pronto, hubiera sido imposible cumplir con las fechas pactadas el resto de la gira. O quizá Cristino Lobatón ya estaba tan concentrado en la distribución del opio que ya no le importaba que su público se quedara esperándolos. Cualquier cosa puede haber sucedido y en la prensa de la época no hay elementos que permitan dilucidar lo que de verdad sucedía.

Los artículos que hay sobre las giras del *freak train* son siempre de actos sociales alrededor del *show*, un banquete, la visita del alcalde a las carpas, la visita de los enanos y de la mujer hirsuta a un colegio o a una destilería de whiskey y también notas sobre la relación de Lobatón con el doctor Timothée Deschamps, su amigo el frenólogo, o quizá sea más exacto decir que era su gurú. Se les puede ver juntos en una docena de actos, en Reno, en Sacramento, en Desmoines, en Buffalo, en Chicago o en Manhattan, siempre en el contexto de una conferencia del doctor Deschamps.

Cuando Lobatón desaparecía ¿dejaba plantados a los habitantes del siguiente pueblo?, ¿reprogramaba las fechas?, ¿los limbos de Omaha estaban rigurosamente calculados? No lo sabemos, pero lo que sí sabemos, gracias a las anotaciones de la bitácora, es lo que sucedía durante esas largas estancias en Omaha. Ly-Yu y sus ayudantes coordinaban la distribución del opio en toda la ruta, excepto en la zona que se había reservado Lobatón que era, naturalmente, la que correspondía al pueblo chikuapawa. Los artistas se exhibían ahí más tiempo que en ningún otro sitio, mientras Lobatón desaparecía durante semanas. El mismo doctor Timothée Deschamps recuerda en su libro *Reflections on the Road* (Phrenological Publishing House, 1906), una colección amanerada y cursilona de sus andanzas de

viajero conferencista, su aventura con los chikuapawa, que vivió gracias a que su amigo *Le Bâton* lo
llevó con él, alguna vez que coincidieron los dos
en Omaha. El jefe chikuapawa y Cristino cabalgaban por el territorio que habían cuadriculado en el
plano, seguían minuciosamente la ruta y ejecuta-
ban el trabajo que normalmente hacían los jinetes
que enviaba el jefe. Durante esos días se convertían
en los heraldos del opio, cabalgaban durante horas
por las praderas y los bosques, visitaban a sus clientes, comían lo que iban cazando por el camino y,
cuando se hacía de noche, se echaban a dormir al
lado de una fogata. La imagen descrita por el doctor
Deschamps es sumamente bucólica, parece extraída
de un *Western* pero, si la despojamos de su estética
convencional, si obviamos el cliché, llegamos a una
situación que no es difícil de explicar. Lobatón quería tomarle periódicamente el pulso a su negocio.
Todo lo que había hecho hasta entonces, su carrera
truncada de político y su gestión como empresario
de artistas, era producto de su minuciosa dirección
personal, de su extrema cercanía con el proyecto
que quería construir. Pero esta sería una considera-
ción puramente empresarial, que consigno con la
idea de que esta reconstrucción de la vida y obra
de Cristino Lobatón Xakpún que voy elaborando
sea lo más completa posible. Porque también hay
que considerar los resortes emocionales, las pulsio-
nes atávicas, la vena mística que lo llevaba a desapa-
recerse de esa forma y a dejar tirados a sus artistas
haciendo función tras función en Omaha al mando
de la inquietante Lizbeth Gabarró. Me parece que

el trabajo empresarial en la vida de Lobatón no era más que el soporte de su *corpus misticum*, de ese *software* para el que eran imprescindibles el contacto íntimo y la integración profunda con la naturaleza, el regreso a esa vida primigenia que había marcado su infancia y su juventud, y que seguía acompañándolo como un espíritu, como su propia sombra. Quizá parezca exagerado hablar de integración profunda con la naturaleza en el siglo XIX, cuando la mayoría de la gente vivía en el campo y la industrialización rampante y sus máquinas y sus humos no atentaban todavía contra la salud del planeta; sin embargo ya desde entonces la civilización apuntaba hacia allá, la industrialización era ya una amenaza y esa modernidad que brotaba de las ciudades tenía su máxima expresión en el tren, en esa máquina que, por primera vez, prescindía de los animales para desplazarse a una velocidad contra natura, que no se movía a escala humana; quiero decir que Cristino Lobatón, como quedaría muy claro años más tarde, batallaba permanentemente con la contradicción que había entre su mitad indígena y el papel de adalid de la modernidad que le tocaba por ser el propietario y habitante permanente de un tren que se desplazaba, como un reflejo del progreso de Occidente, de forma lineal, siempre avanzando sobre la línea recta que trazaban las vías, una constante direccional que estaba en las antípodas del tiempo circular que regía la vida de los chikuapawa.

Vistos desde su naturaleza indígena, el jefe chikuapawa y el patriarca totonaca que oficiaba en

El Agostadero eran uno y el mismo. La hierba, las flores, los caballos estaban conectados con él y con los árboles y entre todos conformaban una retícula que percibía Lobatón mientras cabalgaba por las praderas y los bosques, en los momentos en que comía carne de ciervo junto al fuego, o cuando miraba en la noche la cúpula celeste con la nariz helada, los labios partidos, el bigote hecho cisco ya sin sus terminaciones puntiagudas, y el frac y el abrigo plateado de zorro hechos ya una porquería. Es probable que en aquellas largas cabalgadas el jefe chikuapawa y Lobatón comieran opio, esa droga que en la noche, junto al fuego, los haría vislumbrar el viaje astral de los caballos, su desplazamiento multidimensional y el viento solar que alborotaba sus crines y sus cabellos. Porque crines cabellos caballos y ellos eran una y la misma electricidad.

En un artículo que escribió Walt Whitman en el diario *The Eagle* aparece esta declaración que viene al caso transcribir: "La frenología ha ganado la batalla contra los escépticos". Esto lo escribió el poeta después de practicarse un examen frenológico, con un resultado de 6 en la tabla de Lorenzo Fowler, que iba del 1 al 7, donde el 7 era la máxima puntuación que podía recibir un cráneo.

También, me parece, viene al caso transcribir la definición de frenología, que ofrece el diccionario de la Real Academia de la Lengua: "Doctrina psicológica según la cual las facultades psíquicas están localizadas en zonas precisas del cerebro y en correspondencia con relieves del cráneo. El examen de estos permitiría reconocer el carácter y aptitudes de la persona". Para redondear esta definición transcribiré la opinión de Edgar Allan Poe sobre esta doctrina que durante el siglo XIX tuvo cierta base científica, pero que llegó al siglo XX arrastrando un enorme desprestigio, convertida en chatarra psicológica, en quincalla para chamanes y curanderos y en puro psicobombo terapéutico; sin embargo, entonces la frenología se tomaba muy en serio. Posee "la majestuosidad de una ciencia", escribió Allan Poe, y también escribió: "como ciencia está entre lo más importante que puede atraer la atención de los seres pensantes".

El poeta Whitman no solo ensalzaba por escrito la frenología, también pagó tres dólares por aquel examen que le practicó Lorenzo Fowler, el maestro del doctor Timothée Deschamps, y en otra ocasión escribió en su columna de periódico, esta sentencia provocadora y subversiva: "Los frenólogos y los espiritistas no son poetas, pero son los que legislan para los poetas". Y quien decía legislar para los poetas decía también cartografiar el entorno vital de los individuos con vena mística, como Cristino Lobatón o el mismo Timothée Deschamps.

En una de aquellas mesas que compartían el frenólogo y el empresario entre las idas y venidas del *freak train*, Deschamps analizó los accidentes del cráneo de Lucía Zárate. Un año antes, en una mesa similar, Deschamps había palpado el cráneo del General Tom Thumb, y había dado un pronóstico del calibre de una nota necrológica que, un año después, se había materializado con la muerte del enano. La verdad es que aquel pronóstico podía haberse realizado sin necesidad del tacto frenológico, porque Tom Thumb era una criatura que se malpasaba todo el tiempo, tenía vicios vitalicios que lo habían dejado sin dientes, sin pelo y con un color grisáceo que al final disimulaba con un sombrero de ala ancha, una bufanda también ancha y unas grandes gafas de vidrios oscuros. La malvivencia que practicaba Tom Thumb no tenía nada que ver con la vida monacal que llevaba la Lucía, sobre todo desde que su marido se había aficionado al opio

y había dejado de exigirle que saciara esa sexualidad volcánica y muy ruidosa que ponía los pelos
de punta a toda la *troupe*. Con todo y la vida ascé-
tica de su enanita del alma, Lobatón temía que de
la inspección del doctor Deschamps, que se hacía
ahí sobre la mesa, entre los platos ya vacíos y las
copas a medio terminar, saliera un pronóstico adverso. Aunque el *freak show* le importaba cada vez
menos, todavía se sentía responsable por lo que pudiera sucederle a su artista. Hacía unos meses que
Deschamps ya le había palpado a él la cabeza, se
había detenido en un leve hundimiento que tenía
Lobatón en las sienes y en una protuberancia que
tenía detrás, justo encima del cuenco de la nuca.
Lo había cogido por sorpresa, acababan de cenar y
ya se iba cada uno en su caballo cuando el doctor,
en el momento de la despedida, se quedó mirando
la sien de Cristino y sin que mediara ningún protocolo comenzó a tentarle la cabeza, con los ojos
cerrados para mejor palpar los accidentes, ante la
vista de los comensales que no acertaban a adivi-
nar qué demonios estaba sucediendo ahí. Mientras
el doctor Deschamps, con los ojos cerrados y atra-
vesando un estado cercano al éxtasis, le tentaleaba
la cabeza, Lobatón resistía la mirada común de todo el restorán, y quitaba hierro a la estampa, que él
mismo protagonizaba, tocándose nerviosamente las
puntas del bigote. Deschamps era su gran amigo y
él aguantó con entereza el apasionado palpo, ya está, ya lo tenemos, dijo el doctor abriendo mucho
los ojos, mientras se limpiaba con un pañuelo los
aceites capilares que le habían dejado en los dedos

los pelos de su amigo *Le Bâton*. Tiene usted un seis, *cher ami*, una competente cabeza *comme celle du poète Walt Whitman*, le dijo, y Lobatón no quiso oír nada más, ¿qué más podía oír después de aquello? Así que lo de su enanita del alma no lo había cogido desprevenido, de hecho la había llevado para que su amigo le palpara esa cabecita inverosímil, y lo que salió de aquella inspección terminó enredándose con una idea que le había propuesto Frank Orbison, que se sentía cada vez más fuera de lugar en el tren de Lobatón y necesitaba con urgencia un nuevo proyecto. El doctor Deschamps rellenó las copas y habló como si Lucía no estuviera frente a ellos, de pie encima de la mesa, entre los platos que todavía tenían restos de comida, propinando ociosas patadita, con sus zapatitos negros, a un pedazo de pan que se había quedado abandonado. Deschamps le dijo a Lobatón, la enana necesita cambiar de aires, tiene un tres en la escala de Fowler, *pas mal,* pero necesita salir de la rutina del tren. Y ahí fue donde a Lobatón le cuadró el diagnóstico con el proyecto de Frank Orbison, que quería llevarse a su enanita de gira por Europa, con una selección de sus mejores *freaks*. Deja tranquilo ese pan, *poupée*, con la comida no se juega y cuantimenos se patea, dijo el doctor Deschamps poniéndole una mano en esa cabecita que acababa de inspeccionar.

El efecto inmediato del diagnóstico que hizo el doctor Deschamps de la cabecita de la vedet mexicana fue que Cristino aceptó la propuesta de Frank Orbison. A cambio de una cantidad de dinero, de la que no queda registro pero que debe haber sido escandalosa, Cristino permitió que su enana, acompañada por Fermín y Tomasa, se fuera como la estrella de la gira europea del *freak show*. Que se fueran Fermín y Tomasa era un verdadero alivio, pero, ¿y Lucía?, ¿no es incoherente que la dejara ir sin su estricta supervisión, o la de Lizbeth Gabarró, a esa larga gira? Efectivamente, dejarla ir era un acto del todo incoherente, es uno de esos episodios que hacen dudar de la veracidad de una historia y, sin embargo, no voy a remendarlo, se trata de un episodio incoherente pero que fue parte de la vida real, existió, aconteció de esa manera, sucedió así y así hay que conservarlo, precisamente para establecer que la vida tiene momentos altamente incoherentes, tiene sus capítulos absurdos y unos pasajes que un novelista no escribiría ni en su mañana más delirante. Dicho esto apunto que a esas alturas de su vida, y tomando en cuenta la envergadura de su nuevo negocio, Cristino Lobatón podía ya estar cansado de su enanita del alma, o considerar que ya había obtenido suficiente beneficio de su artista y, escudándose en el diagnóstico del frenólogo, la dejó ir. Lo cierto es que en el viaje de la enana debe haber habido mucho dinero de por medio y que una forma de extender su vida útil, de conseguir que las multitudes volvieran a arracimarse alrededor de la vedet, era mandándola de gira por Europa, sacándola del círculo vicioso en el que empezaba a convertirse el *freak train*. El *show bussines* no era todavía una industria, era un lucrativo entretenimiento, y en cambio el negocio del opio sí tenía una dimensión industrial.

Así que Cristino Lobatón dejó en manos de Frank Orbison a Lucía Zárate, la dejó que se embarcara en esa gira que iba a durar originalmente un año pero que montada en su rotundo éxito se fue extendiendo, poco a poco y como si fuera la cosa más normal, hasta los ocho. La enana mexicana y los demás *freaks* estuvieron de gira por Europa de 1881 a 1889, los años en los que Lobatón y Ly-Yu consolidaron su negocio y en los que la vedet hizo crecer su fama exponencialmente.

Ida su enanita, Lobatón adelgazó la plantilla de artistas, racionalizó, o más bien radicalizó, las giras de acuerdo al *tempo* que marcaba la distribución del opio e hizo del *freak show* un entretenimiento de bajo perfil, que en su nuevo formato se parecía más a un circo de provincias que al gran espectáculo que llegaba cíclicamente de Nueva York. Las estrellas se fueron de gira por Europa y Lobatón conservó al personal de relleno, un par de enanos enjutos, un gigante de hombros caídos que inopinadamente se echaba a llorar y en general un elenco grisáceo que seguía teniendo su público en los pueblos pequeños, pero que ya en las ciudades no tenía ningún tirón. Se fueron los más famosos con la excepción de dos estrellas, o tres, dependiendo de cómo se haga el conteo: Lizbeth Gabarró, que compartía esa misteriosa atadura emocional con Lobatón, y los gemelos Cambiallegge, que prefirieron quedarse en el negocio del opio, aun cuando su performance artístico sufriera una incuantificable degradación. Estos gemelos están con usted por el dinero y, mientras lo tengan, serán *ses alliés inconditionnels* y hasta diría que prosélitos de usted, le había dicho el doctor Deschamps a Lobatón, con su habitual verbosidad, después de palparles los cráneos. En cambio con Lizbeth Gabarró había hecho una lectura romántica de su palpo, a ella le dijo que Cristino iba a ser el pilar de su vida y a él le había dicho, más tarde y en solitario, que no dejara por ningún motivo ir a esa mujer que lo llenaba de *joie*, de gozo, regocijo y energía, aun cuando andar del brazo de ella supusiera para él un continuo desafío social. ¿No soy yo mismo, un mexicano pueblerino que triunfa en Estados Unidos, el más social de los desafíos?, dijo Lobatón, con una pregunta que era en realidad una respuesta.

El tren se radicalizó, adelgazó su parte de *show bussines* para concentrarse en el opio y experimentó una nueva metamorfosis. Ly-Yu reacondicionó la mitad de los vagones, los convirtió en talleres de producción con mesas largas y largas hileras de bancos, y aumentó a bordo la población de trabajadores chinos. Eran tantos los chinos y comenzaron a ser tan notorios, porque alcanzaban a verse por las ventanillas, que el *freak train,* o tren del opio, comenzó a llamarse el tren de los chinos.

Entre 1881 y 1889, los años de la gira europea, Lobatón y Ly-Yu estuvieron dentro del tren haciendo un viaje circular, entre Nueva York y San Francisco, que en cuanto terminaba volvía inmediatamente a empezar.

Mientras el tren experimentaba ese proceso de radicalización, de reducción rumbo a su nueva esencia, Lucía Zárate triunfaba a lo grande en la gira Europea. Además de ella y de los *freaks* habituales iban dos enanos, hombre y mujer, que ostentaban unos nombres kilométricos, inversamente proporcionales a su estatura: ella era *English Little Lady Millie Edwards*, y él *Sam Sammy the Sumptuous Sum*. Pero quien compartía el escenario con la diva mexicana era un gigante de 2.30 metros de estatura, con un nombre que también era inversamente proporcional a su tamaño: Chang. A las notas de prensa que dejó aquella larga gira que hoy parece una rareza, en la que los civilizados europeos celebraban, sin ningún tipo de rubor, la descarada exhibición de personas con defectos físicos, se añade la multitud de afiches que anunciaban la presencia de Lucía Zárate y de su marido, el enano Champolión; afiches que, a pesar de estar fundamentados estrictamente en la realidad, parecen de broma. En casi todos aparece un hombre espigado, de chaqué y gran bigote, presumiblemente Frank Orbison, que sostiene en la mano, o dentro de un sombrero, o simplemente contempla en una mesilla también muy espigada, a dos personas pequeñas hasta lo inverosímil, mujer y hombre, que son porque así lo dice con todas sus letras el afiche, Lucía Zárate y el enano Champolión. Ya para esas fechas Champolión comenzaba a suplantar, en la estima del público, al General Tom Thumb, que era entonces un viejo cuarentón, ya sin aire suficiente para la bellaquería, que muy pronto, apenas un año después, se iría de este mundo en su cama con el cuerpo estropeado, ajado y roto, grisáceo virando hacia el verdín, como si se estuviera despidiendo no a los cuarenta y cinco años que entonces tenía, sino a los ciento veintitantos. En el arranque de la gira europea Champolión combinaba el vino, que había calcado de su predecesor, con su afición a las píldoras de opio, y ese distendido modus vivendi lo tenía la mayor parte del tiempo en ese estado de sosiego que todos agradecían. Sobre los golpes que propinaba el enano a la vedet mexicana, y que ya solo aparecían cuando no tenía opio o vino a la mano, hay muy pocos datos; solo aparece una mención en las memorias del doctor Deschamps, "a ese problema de violencia matrimonial que tenía que gestionar *mon cher ami Le Bâton*", y también en la bitácora del mismo Cristino se especula con la posibilidad de denunciar a Champolión. Pero todo quedó, según se puede colegir, en la pura posibilidad, por razones que pueden fácilmente imaginarse. Denunciar al enano, y que esta denuncia terminara en su detención, significaba privarse de un activo que dejaba mucho dinero con sus actuaciones, y además se abría la puerta a una posibilidad del todo indeseable, como que la investigación en el terreno donde el enano propinaba las palizas se extendiera hacia las finanzas del propietario del negocio y hacia detalles poco transparentes como la manufactura y distribución de opio y la sospechosa presencia de trabajadores chinos, que de por sí no contaban con la simpatía popular. Así que Lobatón nunca llegó a denunciar a Champolión, no le convenía y debe haberse conformado con intervenir directamente cuando el enano enloquecía, y permitiendo que Lucía se refugiara en su alcoba cada vez que se sintiera en peligro. La prensa de la época no menciona nunca esas golpizas, si es que eran tan frecuentes, porque no podían ver las evidencias, la vedet salía a escena con un espeso maquillaje que incluía sombra azul en los ojos, *lipstick* rojo sanguíneo y abundante colorete en las mejillas. Más allá de que la situación del hombre que pega a su mujer es repugnante, hay en el caso particular de Lucía Zárate y el enano Champolión una interesante ambigüedad: ¿en dónde empezaba la ley para esas criaturas que vivían, trabajaban y se relacionaban entre ellos en las orillas de esa misma ley?

Por una de las cartas que envió Frank Orbison a Lobatón, sabemos que los brotes violentos de Champolión llegaron cíclicamente durante los ocho años que duró la gira, llegaron en su alcoba, en el camerino, a bordo de un tren o en plena calle, en mitad del tour cultural que les ofrecía el alcalde de Florencia, o mientras el cochero reparaba una rueda en una plaza de Marsella, esta vez con la complicación de que el enano había salido corriendo, como poseído por un espíritu maligno, y había estado perdido día y medio en las bodegas del puerto. Los prontos de Champolión se fueron convirtiendo en un escándalo habitual, aunque espaciado, pero también hay que decir que, salvo esas periódicas pataletas, el enano era un artista impecable que cumplía escrupulosamente con su acto que, por cierto, también había ido mimetizándose con el de su antecesor. Su número consistía en salir disfrazado de obrero, o de maestro de escuela, con su vino en la mano, y largar un discurso invariablemente delirante, lleno de carantoñas y ademanes, que casi siempre se enredaba, no se sabe si como homenaje o por un fenómeno metafísico pariente de la transmigración, con las parrafadas que lanzaba el General Tom Thumb. En todo caso Lucía, desde el primer episodio violento de su marido en el barco, comenzó a dormir sola en su camarote, y luego en su habitación de hotel y en su propia alcoba en el tren, cuando la compañía se desplazaba de una ciudad a otra.

El viaje en barco de Nueva York a Londres no se parecía en nada al que habían hecho los Zárate, unos años antes, de Veracruz a Filadelfia; ahora Lucía era la estrella de la compañía y Tomasa y Fermín habían pasado a ser sus acólitos, la asistían cuando los necesitaba y la mayor parte del tiempo permanecían encerrados en su camarote, no querían interferir en la vida rutilante que llevaba su hija porque ellos, a pesar del dinero que Lucía les daba, seguían llevando una vida modesta y pueblerina, una existencia sin privaciones pero sin lujos donde su propia hija tenía ya poca cabida. A Fermín y a Tomasa no les gustaba la evolución social que había experimentado Lucía, según cuenta Orbison en otra de sus cartas; no les parecía bien que su hija asistiera a los cocteles que se organizaban en la cubierta del barco, ni a las lujosas cenas en el salón comedor, ni mucho menos les caía en gracia que el capitán del barco, un inglés grueso y rubio que fumaba en pipa, la invitara a su mesa. Más que no gustarles todo aquello, eran incapaces de interpretarlo, y ante ese vacío lo que tenían más a mano era la indignación. Lucía, como ya se ha dicho, ni hablaba inglés y en español comunicaba solamente lo esencial; no comía más que pollo ni bebía más que agua y mantenía siempre una actitud de desapego, entre la melancolía, la molestia y el asombro tonto, y sin embargo era el alma de todos los festejos. Su desempeño social era de la misma naturaleza que su célebre performance, no tenía que hacer nada para brillar, su sola presencia bastaba para deslumbrar a los que la rodeaban.

A esta altura de la historia me doy cuenta de que nadie sabía entonces, ni desde luego podemos saberlo ahora, cómo era en realidad Lucía, ¿disfrutaba de su celebridad?, ¿vislumbraba alguna meta, un punto hacia el cual dirigir su carrera y su vida?, ¿era simplemente tonta? La opacidad de Lucía recuerda el grito del narrador de *Die Automate*, de E.T.A. Hoffman: ¡Qué miras con ojos que no ven! Porque la enanita estaba viva, era una persona, pero se comportaba como una autómata, cumplía con su trabajo, comía siempre lo mismo, asistía a eventos sociales e incluso sonreía y estiraba la manita para que el caballero de turno, arrodillado en el suelo como un penitente, se la besara, pero todo lo hacía mirando con esos ojos que no veían. También se vestía según la ocasión, tenía sus prendas para salir a escena o sus prendas más desenfadadas para no salir de su habitáculo y también un vestuario suntuoso para los cocteles, las galas, las cenas, que incluían piedras brillantes de gran kilataje. Diría que la enanita era una criatura espectral pero me parece que estaba más cerca de la estatua que del espectro, y muy cerca desde luego de la estatua que se mueve, que es propiamente el autómata. Voy a hacer un breve apunte de lo más destacado de aquella gira para no meterme a narrar la rutina que se repetía una y otra vez, la sorda cotidianidad que solo tiene sentido para los que están inmersos en ella, llevando a cabo un proyecto, cumpliendo con un contrato, ganándose la vida; pero que no tiene sentido para nosotros, que vamos leyendo este paréntesis europeo en formato panorámico, a vista de pájaro.

El 26 de febrero de 1881 Lucía Zárate fue recibida por la reina Victoria. El éxito de su performance en Londres, que compartía con Chang el gigante, obligó al protocolo de la Casa Real a organizar la audiencia con las peculiaridades que exigía el caso: un banco alto para que compareciera ahí la enana y evitara a su majestad el tener que arrodillarse, o que sostener a Lucía en los brazos, y un paje que, cuando llegara el momento, colocara a la vedet en el banco, aunque al final se decidió que fuera su compañero de elenco, el mismo gigante Chang, quién colocara a la enana, con el argumento de que, al ser compañeros de plató, sabría manipular ese cuerpo mejor que uno de los pajes; así como nadie podía quitarle a Lucía los ojos de encima, nadie se atrevía a tocarla, ya no digamos a cargarla, por miedo de causar un estropicio. Así que ese día la reina Victoria saludó a la vedet mexicana, le dijo algunas palabras de cortesía, una larga frase protocolaria que Lucía agradeció con la genuflexión que se había aprendido y que tuvo un eco desigual en la enorme genuflexión de Chang, que permaneció ahí para poderse llevar al final a su compañera de plató. El único momento en que sonrió Lucía, según la nota que publicó *The Times*, fue cuando la reina se despidió; antes se dedicó a observarla, a mirarla fijamente, a ver a su majestad con esos ojos que no veían. De Londres fueron a París, a Marsella, a Florencia, a Roma y a un montón de ciudades que mantuvieron el *freak show* durante ocho años

en el continente. El último destino fue San Petersburgo. El performance de Lucía y el gigante Chang
tenía la misma orientación que sus actuaciones con
su marido; se trataba de reproducir la vida normal
de un matrimonio del siglo XIX, ella trabajando
en la cocina mientras él leía un periódico en el salón.
La novedad era la flagrante desproporción entre los
cuerpos; no se trataba de un *reality show* sino de la
representación de una realidad imposible o, mejor,
de una realidad que solo era posible contemplar en
el escenario del *freak show*. El resto del elenco, in-
cluido el enano Champolión, hacía lo suyo, se exhibían a sus horas en el metro cuadrado al que, en
cada ciudad, los iban destinando los diversos empresarios; lo que verdaderamente hacía el resto del
elenco era servir de complemento, de comparsa
del *show* importante, que era el del gigante y la enana. Chang leía un periódico enorme, fabricado expresamente para su número, de pie, si la altura del
teatro lo permitía, o si no sentado en el suelo con las
piernas cruzadas, o de plano recostado, tirado cuan
largo era en el foro, pasando las hojas y haciendo
como que leía las noticias. Mientras su marido de
ficción se informaba, Lucía representaba ese papel
que la había hecho famosa, trajinaba en la cocina,
cortaba lechuguitas y rabanitos, ponía cazuelas en
una estufa también ficticia y, en algún momento de
su trajinar, servía con las dos manos, de una botella
estándar, una enorme copa de vino que llevaba, con
una pretendida devoción de abnegada esposa y
con un visible esfuerzo para mantener el equilibrio,
a su marido, que leía del acontecer mundial en las

páginas de su periódico. Chang se ponía muy contento, cogía la copa y sentaba a su mujer, que vestía el delantal que utilizaba para cocinar, en su rodilla y luego, con la copa intacta en la mano, largaba una carcajada que cimbraba los cimientos del teatro y ahí terminaba su performance. Eso era todo, con esa sencilla estampa doméstica recorrieron durante ocho años, con un éxito atronador, las principales ciudades de Europa.

Un círculo se cerró cuando al final de la gira llegaron a San Petersburgo. Así como al principio la reina Victoria había recibido a Lucía, en esa etapa final el zar Alejandro III organizó un banquete para toda la compañía en uno de los salones de su palacio. No existen fotografías de aquel banquete, pero podemos imaginar al zar, que era rubio, grande, barbudo y casi calvo, sentado en su mesa enorme del palacio de Gátchina, con un vaso de vodka en la mano, pasando una solemne revista al granado contingente de *freaks* que debía agasajar. Alejandro III era zarévich de Rusia, gran duque de Finlandia, duque de Curlandia y Semigalia, y algo había añadido a su peculio al desposarse con Dagmar de Dinamarca. ¿Por qué agasajaba el zar a la compañía en toda su extensión? Porque en la prensa se había escrito, en su momento, sobre la frialdad con que la reina Victoria de Inglaterra había recibido a la mujer más pequeña del mundo y de su negativa a convivir con el resto de los integrantes de la compañía, que tuvieron que esperar, en un salón adjunto, a que terminara la brevísima ceremonia. Uno de sus asesores le había hecho ver esa coyuntura y el zarévich había decidido que él haría lo contrario: una ceremonia larga, incluyente y tumultuosa. También hay que decir que al zar le gustaba el circo y que con frecuencia se entretenía con la veleidad de arrojar cuchillos que iban dirigidos al contorno de un gato, de una sirvienta o de la misma Dagmar de Dinamarca. De aquel banquete sabemos por otra de las cartas de Frank Orbison, que empieza con la imagen del zarévich de Rusia con su vaso de vodka en la mano, mirando con mucho asombro, con un pasmo eminentemente jubiloso, la fauna que poblaba las sillas de su mesa. Frank Orbison trataba de presentar a los artistas, iba explicando cuales eran los talentos de cada uno mientras Dagmar de Dinamarca los observaba con un visible desconcierto. Este es el albino, este el chico lagarto, aquí tenemos al macrocefálico, ella es *English Little Lady Millie Edwards*, y él *Sam Sammy the Sumptuous Sum,* y este es el famoso enano Champolión, y allá en la esquina, encaramado en esa suerte de poyete, porque no nos ha cabido en la silla, tenemos al hombre elefante de Cincinnati, y Frank decía todo eso como si de verdad hubiera que explicar quiénes eran los convidados a aquel banquete en el desmesurado palacio de Gátchina, que era un ostentoso edificio ubicado a cuarenta y cinco kilómetros de San Petersburgo. Como si de verdad Orbison hubiera tenido que puntualizar quién era el albino y quién tenía la elefantiasis y quién era el lagarto. Cuando llegó el turno de Lucía, que estaba acomodada en una silla con aumentos enfrente del zar y la zarina, Frank Orbison le pidió a señas que se quitara los zapatos y que se pusiera de pie sobre la mesa para que sus majestades pudieran comprobar el prodigio de su estatura y su perfecta proporción. Lucía estaba tan graciosa como siempre mientras la admiraban el zar y la zarina, sobre todo ella, que durante toda la comida no le había quitado los ojos de encima. El banquete, según Frank Orbison, duró varias horas y tuvo lugar en un enorme salón con los techos dorados y con paisajes pintados en las paredes, y fue atendido por "un desfile interminable de camareros". Aun cuando dice textualmente *waiters* en inglés, haríamos mal en imaginar unos clásicos camareros vestidos de negro porque, según he podido averiguar, el servicio del aquel zar vestía de verde y cada individuo llevaba la cara polveada de blanco y un pelucón, además de unos vistosos pantalones hasta la rodilla, que continuaban en unas medias blancas rematadas por unos zapatos largos, verdes y picudos. Es de suponer que el zar se habrá comido y bebido todo lo que le sirvieron y que la zarina, que no dejaba de mirar a la extraordinaria vedet mexicana, y que además estaba sumamente impresionada con la concurrencia, habrá comido poco, picado un poquito de un par de platos; no lo sabemos con certeza porque Orbison utiliza la mayor parte de la carta para hacer una descripción exhaustiva, y francamente aburrida, del salón y sus adornos, de los oropeles y los motivos vegetales de mampostería que decoraban los techos. Llama la atención la ausencia de Chang, el gigante, en su crónica, así que tendremos que imaginarlo en un extremo de la mesa, sentado en una silla más grande, quizá un banco junto al macrocefálico de Cincinnati, devorando plato tras plato al ritmo del zar. Como es natural, nada se dice de Tomasa y Fermín, que deben haber pasado por el banquete con ese desgano y esa abulia, con esa invisibilidad que era su santo y seña. Tampoco sabemos nada de ese viaje larguísimo que hicieron de Roma a San Petersburgo, ni hay registro de la ruta que siguieron para regresar a Estados Unidos, aunque, por una lista de gastos que aparece en la bitácora de Lobatón, en la que Frank Orbison le explica un detalle de las cuentas de Lucía, se infiere que habrán hecho otro largo desplazamiento en tren hasta algún puerto de Europa, Hamburgo, o quizá Calais, y que de ahí se embarcaron de vuelta a Nueva York.

Cuando Lucía Zárate regresó al tren, ocho años más tarde, el espectáculo que dirigía Lobatón se había convertido en otra cosa. La mayor parte del tren estaba ocupada por los chinos y los artistas habían sido relegados a los dos vagones que iban enganchados al principio, detrás de la máquina; luego venía la alcoba del empresario y todo el resto estaba dedicado a la producción del opio. El opio había experimentado una severa diversificación, a las píldoras se habían añadido los frasquitos de láudano y aquello había implicado otro tipo de instrumental, ollas, matraces, estufas, además del espacio y del personal que esa nueva rama requería. También habían redondeado el servicio alrededor del opio para fumar, a las dosis que vendían se añadió la opción de un vagón con camastros, espesos cortinajes y unas hermosas pipas de porcelana china. Al final del tren, en el último vagón antes del *caboose*, estaba la vieja *menagerie*, que en tiempos de P. T. Barnum llevaba al león, a los pumas, al Gran Elefante Blanco de la India y a los coyotes de Nuevo México, y ahora estaba dedicada a los caballos, que cabalgaban cada vez que el tren paraba en una estación y había que cobrar o entregar un cargamento en los pueblos del interior.

Después de esos ocho años de gira por Europa, Frank Orbison se reencontró con Lobatón en Albany, donde tenían estacionado el tren. Su barco había atracado seis días antes en Nueva York y llegaba ahí, con los artistas en dos carruajes, lleno de expectativas y de ideas para aplicar en el *freak train*, que había concebido durante las innumerables horas muertas de la larga gira europea. Pero lo que vio al llegar lo dejó descorazonado, el negocio había cambiado mucho en su ausencia, sus artistas no tenían vagón y los dos vagones que había estaban habitados por una caterva de fenómenos lastimosos, impropios de la categoría que imponía la figura tutelar de P. T. Barnum, soltó Orbison con un tono demasiado brusco, que era producto de su enfado y de su desconcierto. Lo primero que le dijo Lobatón después de que Orbison soltara su puya, fue que no lo esperaba tan pronto, y que de haber sabido que llegaban hubiera enganchado más vagones a la máquina. Después añadió que P. T. Barnum ya no era el baremo de nada, y que en los ocho años que había durado su ausencia, lo normal era que un negocio se transformara, como había pasado con el de ellos. Pues no lo acepto, dijo Frank Orbison indignado y amenazó con llevarse a sus artistas de regreso a Manhattan. El negocio no se ha transformado sino que ha sido devorado por ese otro negocio que tiene usted con el chino, remató Orbison.

Todos los artistas que acababan de desembarcar de la gira europea, excepto el gigante Chang y el hombre elefante de Cincinnati, que se habían enrolado en el *Frank Brown Circus*, miraban la discusión desde los carruajes sin entender muy bien lo que estaba sucediendo. La tensión que había entre los dos empresarios, una fuerza invisible pero muy palpable, los mantenía a cada uno en su asiento, inmóviles, incluso al enano Champolión, que había sido famoso por su altanería y su combatividad, y ahora dormitaba en su lugar, con la cabeza gacha, los brazos vencidos y un hilo de baba que le manchaba el pantalón. Champolión era la metáfora de lo mucho que habían cambiado las cosas en ocho años. El glamur que había perdido el tren, en favor de su modalidad puramente utilitaria, era un triunfo para Lobatón y para Orbison era la ruina absoluta. Cristino había rebajado intencionadamente el nivel del espectáculo, no se trataba de un descuido como pensaba Orbison, sino de una estrategia para hacer crecer el negocio del opio, y a esas alturas su socio representaba no solo una molestia, sino un lastre para su proyecto, que ya no contemplaba la reinserción de las estrellas que regresaban triunfantes de Europa. Así que Lobatón no ofreció nada, ni trató de convencer a Orbison para que no se llevara a sus artistas e incluso le dijo que lo mejor que podía hacer era llevárselos, porque el tren, como era evidente, no estaba ya en condiciones de cargar con tanta estrella. Orbison comenzó a enfadarse, se olió inmediatamente la estrategia de su socio y le dijo que aquello le parecía una insensatez y que exigía que el tren se pusiera en condiciones para recibir a sus artistas porque, de otra forma, iba a tener que recurrir a la ley. ¿Qué ley?, preguntó Lobatón con un punto de agresividad que Orbison no le conocía, antes de cortar la discusión de golpe: el tren es mío, lo compré yo y yo decido lo que se hace con él. Anochecía, los dos hombres discutían en el andén, junto a la ventanilla iluminada de un vagón en la que se veía media docena de chinos trabajando a luz de una lámpara de aceite. Estaban a la intemperie, recibían las rachas espaciadas de una ventisca que les ponía a volar los faldones de la levita y que los hacía, de vez en cuando, llevarse la mano al sombrero para que no se volara con el viento. Lobatón fumaba un largo puro cuya brasa, por el efecto del viento, se ponía de un rojo incandescente, como el rojo solferino de su chaleco. Ha cambiado mucho en estos ocho años, diputado Lobatón, le dijo Orbison, tratando de reencauzar aquel intercambio de sentencias en una conversación más productiva, y después añadió que estaba dispuesto a correr con los gastos de los vagones que hicieran falta para que los artistas pudieran viajar más cómodamente. Lobatón se llevó el puro a la boca y después de una larga calada, con la brasa ardiente iluminándole de rojo el rostro, le dijo a Orbison, no estoy interesado. Orbison, que estaba cada vez más incómodo, le respondió, no sea usted altanero, diputado Lobatón, no me obligue a recordarle cómo ha llegado usted hasta aquí. ¿Y cómo he llegado hasta aquí? Preguntó Cristino, espantándose un trozo de ceniza que le había caído en la manga. Orbison empezaba a perder los estribos, comenzaba a darse cuenta de que su socio no iba a ceder y aquello lo desesperaba,

¿Quiere que le recuerde a aquel campesino mexicano que conocí en la Exposición de Filadelfia?, le dijo. Lobatón se acercó a Orbison y levantando la cabeza, porque era veinte centímetros más bajo, le dedicó una mirada de desprecio, una mirada que por primera vez, a pesar de la enorme diferencia de altura, hizo sentir miedo a Orbison. No seré yo ese campesino al que se refiere, ¿o sí?, preguntó Lobatón. Hasta ese momento vio Orbison que Ly-Yu estaba en el andén, muy pendiente de la conversación, acompañado de tres chinos enormes que tenían cara de pocos amigos, y esta intimidación le pareció una bajeza que lo sacó de sus casillas. ¿Quién más va a ser?, dijo Orbison arrimándole la cara a Lobatón, echándole el cuerpo encima, haciéndole ver, como si no fuera ya muy evidente, que él era mucho más alto y así, prácticamente encima de él, añadió, con una sonrisa que Lobatón vio muy de cerca, debajo de su impecable bigote que olía a esencia de menta, siempre será usted el hijo de una india. Cristino iba a obligarlo a retractarse, iba a insultarlo, iba a amenazarlo con que sus chinos iban a romperle las piernas, pero lo primero que le salió fue asestarle un tremendo cabezazo en la boca. Orbison gritó de dolor, se llevó las manos a la boca, cayó al suelo con el plastrón, la camisa y los pantalones manchados de sangre, miró a Lobatón con un rencor que se aproximaba al miedo y luego a los chinos, que ya eran más de los que había antes de que empezara la trifulca. Quiso decir algo pero no pudo, tenía un borbotón de sangre que le llenaba la boca y un dolor intenso en un diente que seguramente le acababan de partir. Cristino también tenía sangre en la frente, una herida abierta por la que salía un hilillo rojo que le bajaba por la ceja, escurría por un lado de la cara y terminaba encharcándose en la solapa de la levita. Orbison tentó con una mano el suelo, en busca de su sombrero que se le había caído y que una ráfaga de viento había desplazado más allá. Ya estaba oscuro y no se veía bien, no se veía casi nada excepto la sangre que brillaba por la luz que le llegaba de las ventanillas y del quinqué que llevaba uno de los chinos que habían bajado a presenciar la trifulca. Se puso el sombrero y se levantó trabajosamente recomponiéndose con una mano la ropa, porque la otra seguía en la boca tratando de contener la hemorragia, la sangre le escurría entre los dedos y se le metía por debajo del puño de la camisa. Al verlo ahí recomponiéndose, medio apoyado en un banco, Cristino tuvo el último gesto de amabilidad con su socio, que consistió en ofrecerle su pañuelo para que contuviera la sangre que ya dejaba escabrosos goterones en los mosaicos del andén. No, gracias, dijo Orbison con la voz pastosa y añadió, va usted a arrepentirse. Lobatón no dijo ni una palabra, miró con frialdad cómo se reponía mientras se aplicaba el pañuelo en la herida que tenía abierta en la frente. Después contempló el paso trastabillante con el que se alejaba su socio mientras una ráfaga de viento le levantaba cómicamente el faldón de la levita. Todavía no dejaba Frank Orbison el andén cuando Cristino ya se había arrepentido de lo que acababa de hacer, había perdido los nervios y ese cabezazo iba a cambiarlo todo, aquel hombre que trastabillaba rumbo a sus carruajes era su nexo con el *establishment* y sin él se quedaba al descubierto, en un momento en el que necesitaba precisamente la cobertura de un empresario de la alta sociedad. Orbison llegó a los carruajes y aceptó el pañuelo que le ofreció uno de sus cocheros, y una cantimplora para enjuagarse la boca. Los artistas lo miraban con recelo, no sabían cómo decodificar eso que habían visto de lejos hasta que su *manager* se los dijo, ya más recompuesto y con la boca recién enjuagada, con una voz autoritaria para que lo oyeran todos: volvemos a Manhattan inmediatamente. Y cuando dijo esto miró a Lucía, que veía con repugnancia su camisa manchada y su bigote que tenía un extremo hundido, pegado a la boca por una plasta oscura que relumbraba con la luz que colgaba del pescante. Mientras Cristino se arrepentía de lo que acababa de hacer, Frank Orbison lamentaba el tener que dejar a la vedet, que seguía siendo el alma de la compañía. Antes de pedirle que bajara del carruaje dudó un momento, pensó en la posibilidad de regresar a recomponer la relación con su socio, que ya seguramente ni lo era, o de quedarse a dormir en Albany y regresar fresco al día siguiente, a proponerle que le dejara a Lucía a cambio de la mitad de las ganancias, por ejemplo. Lucía era la pieza clave del espectáculo pero lo que acababa de pasar entre ellos no tenía remedio, así que pidió al chofer que bajara el equipaje y los ajuares de la enana y después la ayudó a bajar, procurando no mancharla, y les dijo a Fermín y a Tomasa, que miraban a su hija como si la cosa no fuera con ellos, que hicieran el favor de abandonar su carruaje. ¿Y mi marido?, preguntó Lucía señalando a Champolión, que seguía con la cabeza gacha babeándose los pantalones. El enano se queda conmigo, dijo Orbison subiéndose al carruaje, tu matrimonio con él ha sido desde el principio una pura y reverenda pamplina. ¡A Manhattan!, gritó, con la súbita energía que le insufló una idea, que al día siguiente se habría convertido en una obsesión: su ex socio tenía que pagar por lo que acababa de hacerle.

Una semana más tarde, cuando el tren estaba estacionado en Detroit, Lizbeth Gabarró despertó a Lobatón. ¡Se quema el tren!, gritó sacudiéndolo para que reaccionara. Cristino brincó de la cama, se envolvió en su bata y cogió instintivamente el revólver que cargaba desde hacía unos días. Uno de los vagones de los chinos, peligrosamente cerca de la *menagerie* donde dormían los caballos, ardía en un incendio con grandes lenguas de fuego que empezaban a chamuscar las vigas del techo del andén. Ly-Yu y media docena de chinos trataban inútilmente de controlarlo, tiraban al fuego cubetas de agua mientras dos negros que trabajaban en la estación se aproximaban dando tirones a una carreta en la que iba montada una bomba de vapor. Lucía y Tim y Tom, dos enanos brasileños que había contratado Lizbeth, sacaban las cabezas por la ventanilla para mirar el fuego y lo mismo hacían los gemelos Cambialegge, Giovanni Batista gritaba aterrorizado mientras Giacomo trataba de tranquilizarlo. Una densa humareda inundaba la estación. En ese vagón guardamos la producción, el que hizo esto sabía perfectamente lo que hacía, dijo a gritos Ly-Yu para que Lobatón pudiera oírlo, e iba a añadir algo pero ya no pudo porque el humo le provocó un violento ataque de tos. Cristino iba envuelto en su bata y mientras escuchaba lo que Ly-Yu trataba de decirle se guardó en el bolsillo el revólver con el que había bajado del tren. Los negros tiraban trabajosamente de la bomba de vapor por el andén, Lobatón los vio entre la humareda y corrió a ayudarlos, y detrás de él salieron un par de esos chinos enormes que aparecían cada vez que olían el peligro. Entre todos situaron la bomba frente al vagón que ardía y, mientras Lobatón y uno de los negros apuntaban la manguera hacia las llamas, los demás ayudaban a sujetar la carreta y a manipular la palanca, las levas, las manivelas, el fulcro y el ballal. Cuando el agua de la bomba empezaba a extinguir las llamas, llegaron los bomberos y en menos de diez minutos controlaron el incendio. El vagón quedó muy dañado, inservible, pero la pérdida mayor fue la del opio que ardió con el incendio. Lobatón perdió miles de dólares y coincidió con Ly-Yu en que aquello no había sido un accidente, sino la venganza de Frank Orbison. No había evidencias, pero la enemistad entre los dos socios daba qué pensar y además uno de los negros que vigilaban la estación había visto unas horas antes a un hombre husmeando en los vagones del tren, que daba la impresión, según dijo, de querer causar un estropicio. Una hora después Ly-Yu ofreció, cuando se debatía en la alcoba de Cristino qué era conveniente hacer, plantarse en Manhattan con tres de sus chinos y romperle las piernas a Frank Orbison. Pero ¿estamos seguros de que fue él?, preguntó Lizbeth Gabarró antes de beber un largo trago del coñac que le había servido Lobatón. Los trabajadores y los artistas habían regresado a la cama y en el tren y en la estación reinaba una calma chicha con un fondo de olor a chamusquina. Yo estoy seguro de que fue Orbison, dijo Lobatón, y lo mínimo que merece es que tus chinos le rompan las piernas, dijo señalando a Ly-Yu con la punta ardiente de su puro. Y luego dijo, también estoy seguro de que lo más sensato es no hacer nada, cualquier cosa que incluya a la policía, y la golpiza a Frank va a incluirla, va a perjudicarnos; me parece que lo mejor es que pensemos que fue un accidente y que asumamos las pérdidas. Y dicho esto se bebió de un trago su copa y anunció, y ahora me voy a la cama, y después de apagar su puro contra el cristal del cenicero, puso la cabeza sobre la almohada y se quedó dormido.

El diario *Detroit Financial News* consignó la noticia del incendio (*Fire in Central Station*, abril 9, 1889). En la nota, que ocupa toda una plana, se explica que los trabajadores de la estación, los que arrastraban la bomba de vapor la noche anterior, habían contado al reportero de ese hombre sospechoso que merodeaba y habían dado a entender que no se trataba de un accidente. Cosa que Lobatón, el dueño del negocio (*the freak train owner*, textualmente), desmiente categóricamente, dice que fue un accidente ocasionado por el material inflamable que necesitaba el *freak show* para su funcionamiento. El reportero aprovecha para hacer una nota sobre el espectáculo que a partir de ese día se presentaría en Detroit, con la "presencia de Lucía Zárate, la mujer más pequeña de la Tierra, que reaparece después de ocho años de gira por Europa". Adereza la información una entrevista al *freak train owner,* "El diputado Cristino Lobatón". Resulta curioso que en varios periódicos lo llaman diputado, y que en ninguno se aclare por qué lo llaman así. La página está ilustrada con una fotografía del vagón ennegrecido por el fuego, otra de Lucía Zárate con la reina Victoria y una tercera fotografía de Cristino Lobatón, hecha el día de la entrevista (porque al fondo puede verse el vagón chamuscado) que es la última imagen suya que apareció en la prensa. Solo hay una posterior que fue publicada en el libro de memorias de Timothée Deschamps.

En la del *Detroit Financial News* se le ve muy elegante, como de costumbre, de pie frente a su tren, con su frac y su chaleco rojo, su abrigo y su sombrero de zorro, su bigote de puntas impecables y debajo de este una sonrisa impropia de un empresario al que acaba de incendiársele el tren. El pie de foto dice: "El empresario Cristino Lobatón, heredero de P. T. Barnum, presenta su *freak show* del 9 al 14". Es de suponer que la sonrisa fue sugerencia del reportero, que debe haberle hecho ver que no le convenía salir con gesto adusto, propio del que ha sufrido un incendio, sino con un semblante que invitara a la gente a asistir al *show*. Pero más allá de la sonrisa, en el costoso ajuar de Lobatón hay un elemento, nunca antes visto en sus fotografías, que indica el camino en el que empezaba a internarse. Debajo del plastrón le cuelga algo, una cosa que ampliada en la pantalla de la computadora resulta ser un collar de cuentas, de piedras pequeñas, quizá preciosas, aunque el blanco y negro de la fotografía no permite esta precisión, que sostiene una pieza ovalada, ¿un estuche?, decorado con una docena de plumas largas. Se trata de un elemento, disimulado a medias por la caída del plastrón, muy notorio; se nota que tiene la intención de enseñarlo y, en todo caso, parece claro que se trata de un amuleto chikuapawa.

Hablando con su amigo el doctor Deschamps, en una de esas reuniones que organizaban cada vez con más frecuencia, en pueblos perdidos o en ciudades donde el frenólogo tenía compromisos, Lobatón llegó a la conclusión de que la bronca con Orbison, cuya expresión más significativa había sido el incendio, tenía que ser el principio de una nueva aventura. *Bien sur, cher ami*, le dijo Timothée, el fuego, mire usted qué obviedad, quema una cosa pero a la vez deja allanado el camino para que crezca otra, estamos, precisamente, ante el ciclo salvaje de la vida. Cristino y Thimotée habían cenado en Elko, en un *saloon* amenizado por un violinista irlandés y dos muchachas que bailaban levantándose las faldas para que, entre los holanes que quedaban colgando, se les vieran las rodillas. Timothée opinaba que había que olvidar lo sucedido, que no haber permitido a Ly-Yu que articulara una venganza había sido un acierto y que, moviendo con pericia suficiente los hilos de su negocio, Lobatón sería capaz de mantener un porcentaje de *freak show* dentro del tren del opio. Después de la última copa que se habían bebido en el *saloon* dieron un paseo a caballo para despejarse, por insistencia de Cristino. A la enana había que aprovecharla, no hacerlo era una insensatez, como bien opinaba su amigo Timothée, pero también era verdad que algo se había roto en los ocho años que ella había pasado en Europa y que él había invertido en su negocio a bordo del tren. Lucía ya no tenía sitio, compartía un vagón tumultuoso con la plantilla, ya muy mermada, de artistas, que eran cada vez menos, y en más de una ocasión le había hecho ver a su *manager* que en toda la gira europea había tenido una alcoba para ella sola, y que se sentía muy incómoda en el vagón donde dormía. Lo más simple hubiera sido enganchar otro vagón, pero él no estaba dispuesto a modificar su tren, cualquier concesión a su artista le parecía un paso atrás. Eso es *une question de perspective*, opinó Deschamps y luego largó una disquisición sobre las concesiones y los pasos atrás mientras cabalgaban bajo la luz difusa de la luna; el rocío helado que emborronaba la noche y dejaba una fina escarcha en la crin de los caballos le había puesto tiesas a Cristino las puntas del bigote.

Lobatón tenía con el doctor Deschamps un apego importante que él achacaba a esa visión mística que compartían, pero a mí me parece que hay un tendido psicológico en esa relación que no puede soslayarse: el doctor era mayor que él, tenía edad suficiente para ser su padre, además era francés como su padre y encima hablaban en francés como lo hacía él de niño en El Agostadero. De todas formas, a pesar de que el doctor había recomendado maniobrar para no deshacerse del *freak show*, Lobatón estaba ya por detonar ese negocio y le costaba lo indecible montar las carpas en cada pueblo y además lidiar con las dificultades, de orden práctico, que le planteaba Lizbeth Gabarró cada vez que el tren llegaba a una estación. Estoy pensando en vender el circo, le había dicho a Lizbeth, y esta había respondido que de ninguna manera, que aquello era un negocio y que además él no tenía que hacer ningún esfuerzo porque hacía ya varios años que ella lo llevaba prácticamente sola.

Si la relación con la enana era complicada, la presencia de Fermín y Tomasa le parecía intragable, trashumaban todo el día como fantasmas a bordo del tren, la profesionalización del negocio del opio los había dejado sin el entretenimiento de las píldoras que tenían antes de marcharse a Europa, y ahora vagabundeaban de un vagón a otro, procurando no toparse con Lobatón que, en cuanto los veía, les pegaba un rapapolvo.

Un día llegó una carta en la que Lobatón vio el cielo abierto. El diputado Teodoro Dehesa, que se había convertido en el director de la aduana del Puerto de Veracruz, le anunciaba una próxima visita a Washington para tratar un asunto de estado, y también le expresaba su deseo de verlo para comunicarle una invitación, de cierta urgencia, que le extendía, por su conducto, el presidente Porfirio Díaz. La carta primero le hizo gracia, hacía trece años que había zarpado de Veracruz en aquel traqueteante barco portugués, y no tenía contemplado volver a entrar en contacto con Dehesa, su viejo valedor. La posibilidad de ver, después de tanto tiempo, al hombre que lo había introducido en la política, le producía incluso cierta nostalgia, pero a nivel operativo veía con extrema claridad una oportunidad única para devolver a la enana y a sus padres a su pueblo. ¿Qué mejor oportunidad que regresarlos con el hombre que los había mandado ahí?

En septiembre de 1889 Lobatón se encontró con el diputado Dehesa, y su copiosa comitiva, en un restaurante de la capital. Dehesa se quedó impresionado en cuanto Cristino se acercó a la ruidosa mesa que ocupaban él y su comitiva. Había visto entrar un hombre elegante y sofisticado, con abrigo y sombrero de zorro plateado, que se había dirigido directamente a la mesa y, hasta que lo tuvo muy cerca, a un palmo de distancia pues Lobatón pensaba saludarlo con un abrazo, no reconoció a su viejo colaborador. ¡Puta madre, Cristino!, ¡eres tú, chingao!, dijo y, todavía sin salir de su asombro añadió, mirando a la comitiva que estaba ahí para celebrárselo todo: ¡mira nomás qué abrigo!, ¡y qué sombrero!, ¿y ese pinche bigotito tan refifí? La comitiva estalló en una escandalosa carcajada y Lobatón aceptó el abrazo y los palmoteos en la espalda de su antiguo mentor, incluso él dio también un par de palmadas. Dehesa estaba al tanto del éxito de Lobatón como empresario, y también lo estaba el presidente Porfirio Díaz, aunque la información que les llegaba era parcial; sabían que la enanita se había convertido en una estrella y que él gestionaba su carrera artística, pero no sabían nada de sus negocios con el opio, aunque Dehesa sí sabía que Ly-Yu había dejado el antro de su madre y su bodega en

Veracruz para reunirse con él. Eso no es verdad, a Ly-Yu no lo veo desde que zarpamos a Filadelfia en 1876, dijo Lobatón de manera tajante, alejando así cualquier posibilidad de abordar ese tema que él prefería mantener en la sombra. Dehesa aprovechó el silencio que sembró en la mesa la brusca intervención de Cristino para hacer un elogio de las virtudes de su antiguo colaborador, para transmitirle la opinión que de él tenía el presidente y, de paso, para que su comitiva se enterara de que no estaban ahí comiendo con cualquier pelafustán y que aquella comida se organizaba para agasajar a ese paisano que se había convertido en uno de los empresarios más prósperos de Estados Unidos. A medida que se espumaba el elogioso discurso, Lobatón se iba sintiendo más incómodo. Él, que había tenido a la política como su máxima aspiración, y a los políticos, sobre todo a Dehesa, como el faro a seguir, no lograba entusiasmarse con la presencia de su antiguo patrón, ni con la recua de políticos que lo miraban con cierto escepticismo y que no dejaban de cuestionar, con dos o tres comentarios muy puntuales, su permanencia en Estados Unidos, lejos de su patria y del suelo que lo había visto nacer. ¿Y no extrañas tu pueblo?, preguntó directamente el diputado Dehesa después de rellenarle ceremoniosamente su copa de champán. Lobatón salió como pudo de aquella pregunta, dijo que desde luego él era y sería siempre un orgulloso veracruzano, pero que ahora se encontraba en una etapa que exigía su presencia en Estados Unidos. La pregunta de Dehesa no era inocente, era la introducción para plantearle aquello que le mandaba decir Don Porfirio. Pero Lobatón no había dicho la verdad, no era cierto que se sintiera orgullosamente veracruzano, ni se acordaba nunca, excepto en términos negativos, de su pueblo miserable y por supuesto no pensaba regresar, como se habría podido entender de lo que acababa de decir. Todavía no pasaban del aperitivo, que ya se estaba haciendo demasiado largo, y Cristino ya quería largarse de ahí, había dejado a Lizbeth Gabarró comprando zapatos y vestidos y a las cinco los estaría esperando la diligencia para llevarlos a Nueva York. Tenía que arreglar unos asuntos en el banco, hacer depósitos y vigilar sus inversiones, mientras Lizbeth iba a supervisar las obras de un edificio que, siguiendo el consejo de un especulador inmobiliario, había comprado en Broadway y la Séptima Avenida. Todo esto aparece especificado en su bitácora y, tomando en cuenta exclusivamente lo que está escrito, ignorando esa parte mística suya que lo llamaba tanto, cualquiera aseguraría que se estaba preparando para dejar el tren e instalarse en Manhattan con Lizbeth Gabarró, porque a estas alturas de la historia ya no queda duda de que la mujer hirsuta era su pareja. Lobatón estaba cada vez más hosco en la mesa de Dehesa, decidió que en cuanto le revelara aquello que el presidente le mandaba decir se disculparía y se iría. Estaba convencido de que nada de lo que pudiera ofrecerle el presidente de México, ese hombre por el que años atrás se había embarcado en una misión rocambolesca, podría interesarle, así que, en un momento de sosiego en la mesa, entre una ráfaga y otra de carcajadas, preguntó ¿y qué es eso que me manda a decir el presidente? Dehesa miró con complicidad a sus acólitos, se notaba que sabían lo que iba a ofrecerle y esto transformó la incomodidad de Lobatón en un franco mal humor que disimuló sacando uno de sus enormes puros del bolsillo interior del frac y encendiéndolo con una vistosa llamarada del encendedor de Döbereiner, que estaba ahí puesto a disposición de los comensales. Dehesa miró con desagrado el puro que le humeaba entre los dedos, comparado con el de Lobatón, era una pieza raquítica y enana. Mi general Porfirio Díaz quiere ofrecerte la alcaldía del Agostadero, soltó Dehesa y después apagó su puro, del que no había fumado ni la mitad, en el plato vacío que tenía enfrente. Un camarero inoportuno se acercó a la mesa, con una libreta en la mano, a preguntar si estaban listos para ordenar la comida pero inmediatamente se dio cuenta de que estaba interrumpiendo algo muy importante y discretamente dio media vuelta, y como no tenía otra mesa que atender se fue a apostar a un rincón, a esperar una mejor oportunidad. Qué piensas del generoso ofrecimiento de nuestro presidente, Cristino, preguntó Dehesa mirándolo con severidad, dejando muy claro que necesitaba una respuesta antes de seguir adelante con la comida. A Lobatón empezaba a molestarle el tuteo, consideraba que la jerarquía entre él y su viejo mentor ya no podía ser la misma, y sobre todo lamentó no haber tratado antes el tema del regreso de la enana a México, pues lo que pensaba contestar iba a empañar irremediablemente la relación con Dehesa. Dio una larga calada a su puro antes de responder que se sentía muy honrado con el ofrecimiento que le hacía el presidente y que, a pesar de que convertirse en alcalde de su pueblo era una de las ilusiones de su vida, en ese momento le era imposible aceptar tan generoso ofrecimiento. Dehesa lo miraba con un gesto adusto y en su comitiva se transparentaba una grave desazón. Como el ambiente no podía más que empeorar, Lobatón decidió decir lo suyo: en cambio yo quisiera plantearle algo, Diputado Dehesa, siguió Lobatón, hablándole de usted porque no quería devolverle el tuteo: Lucía Zárate, nuestra famosa enanita, lleva varios años deprimida, añora mucho nuestro pueblo y lo mismo le pasa a sus padres, ¿no habría manera de que se los llevara con usted? Dehesa soltó una estruendosa carcajada, que despertó al camarero que dormitaba en su rincón, y provocó un eco carcajeante en su comitiva. Claro que hay manera, Cristino, dijo Dehesa, pero solo si tú te animas a venir con nosotros, y después volvió a carcajearse mientras hacía un aspaviento para que le sirvieran a todos más champán. Además, añadió, ¿pa qué chingaos quieres que nos llevemos a la enanita?, ¿no es ella la que te tiene atado aquí? Lobatón no podía responder esa pregunta, ni quería que el tema siguiera por ese derrotero, así que se levantó de la silla y mientras se ponía el abrigo, que había dejado antes de sentarse en el perchero, pidió a Dehesa que agradeciera mucho la oferta al presidente y se disculpó diciendo que no podía quedarse a comer porque ya lo esperaba una diligencia para llevarlo a Nueva York a arreglar unos asuntos. Dehesa y la comitiva se quedaron mudos, no entendían cómo alguien podía rechazar la oferta de ser alcalde de su pueblo. Qué mamón se nos ha vuelto Cristinito, muchachos, dijo Dehesa apesadumbrado y levantando su copa completó, yo creo que sería momento de brindar por mi general Díaz, ¡salú, chingao!

Lobatón se puso su sombrero y salió a la intemperie pensando que acababa de aniquilar la relación con su viejo mentor y que aquello significaba, aproximadamente, que había también finiquitado su relación con México. Pensó en su amigo el doctor Duchamp y concluyó que aquella ruptura era también parte del incendio que había provocado Frank Orbison. De aquel incendio de consecuencias cada vez más insondables. De acuerdo con las anotaciones en su bitácora de ese día, aquella ruptura lo hizo decidirse, por fin, a escribir sus memorias, un proyecto largamente acariciado que debía iniciar inmediatamente, era la única oportunidad que tenía de que sus paisanos conocieran su aventura, la fortuna y la grandeza que había logrado acumular. Ese era el momento, era entonces o ya nunca.

Entre octubre y noviembre de 1889, Cristino Lobatón fue liquidando el espectáculo de los *freaks*. Lo hacía sin seguir un proyecto específico, sencillamente se iba desprendiendo de elementos, por ejemplo, una de las carpas que se había rasgado mientras la manipulaban los operarios, la dejó ahí mismo plantada, en un descampado en las afueras de Winnemucca, a cambio de una cantidad de dinero ridícula que le ofreció el alcalde, que manifestó su intención de repararla y de reconvertirla en un centro de acogida que administrarían los cuáqueros. Lizbeth Gabarró protestó al principió pero más tarde, a medida que Cristino se iba deshaciendo de los activos del *show*, comprendió que su papel como gerente del espectáculo llegaba a su fin, y comenzó a hacer viajes cada vez más frecuentes a Nueva York para ocuparse de las cada vez más cuantiosas inversiones del empresario, cosa que se le daba extraordinariamente bien. En las notas de prensa que la encumbran como la empresaria emergente de Manhattan, aparece en cocteles, en obras benéficas, saludando al alcalde de la ciudad y al jefe de la cuadrilla de bomberos que, con un gran ramo de flores, le agradece la generosa donación de un lote nuevo de uniformes. En todas estas fotografías aparece por primera vez depilada, con la cara, las manos, los antebrazos y las pantorrillas, que son las partes que alcanzan a verse, perfectamente despejadas. La razón no puede ser otra que su cambio de oficio, lejos del *freak show* ser la mujer hirsuta carecía de sentido, es más, se contraponía con su nueva actividad de empresaria en Manhattan. También hay que decir que algo perdió, con los vellos se había ido un buen porcentaje de su misterioso atractivo, se había convertido en una mujer muy bella pero lisa, sin pliegues, había perdido su profundidad escatológica, ya no era ese abismo por el que sus admiradores deseaban precipitarse.

Sin la dirección de Lizbeth el *freak show* comenzó a hundirse, la vedet mexicana seguía convocando una buena cantidad de gente, pero al resto de los artistas ya nadie quería verlos. Para finales de octubre ya solo quedaban, además de Lucía, los enanos Tim y Tom, más otro enano que habían repescado en Ogden, y los gemelos Cambialegge, que aunque seguían exhibiéndose, estaban más bien concentrados, uno en la producción del opio, que lo apasionaba, y el otro llevando, en una libreta de hojas enormes que apenas cabía en la mesa, las intricadas cuentas del negocio. Cada vez que llegaban a un pueblo los operarios montaban las carpas y cuando terminaban avisaban a Lobatón, si es que lo encontraban, para que diera su visto bueno. Lucía se había quedado sola; sin comparsa y sin *manager* que la supervisara, salía a repetir su consabido acto de hacer como que cocinaba, como que ponía una olla en los fogones y como que partía una cebollita, un pepinito y una berenjenita. El resto de los artistas se exhibía en la otra carpa que colocaban los operarios. El negocio del opio descansaba cada vez más en Ly-Yu y en su cuadrilla y Lobatón se limitaba a proyectar nuevas rutas, a revisar las cuentas que le entregaba el Cambialegge y a depositar y a vigilar y a reinvertir las ganancias. La mayoría del tiempo se iba en su caballo, nadie sabía bien a dónde, o se encerraba en su alcoba a escribir febrilmente sus memorias, porque quería acabarlas rápidamente; desde el incendio del tren calculaba que tenía ya muy poco tiempo y quería aprovecharlo.

El nuevo rumbo que llevaba el *freak show* tenía a la enana desconcertada, la plantilla artística menguaba progresivamente y, a pesar de que ella era la única que mantenía a flote el espectáculo, seguía durmiendo en el vagón con el resto de sus compañeros. Una noche, cuando Lobatón escribía enfebrecido a la luz de un quinqué, Lucía apareció en su alcoba para pedirle un vagón. ¿Por qué no tengo yo mi vagón?, dice Lobatón que preguntó, con su irritante vocecita, el 1 de noviembre de 1899. *Su irritante vocecita* escribe textualmente Cristino, refiriéndose a esa diva a la que en sus memorias llama *mi enanita del alma*. A la venta de la carpa en Winnemucca siguió la venta de uno de los enanos al dueño de un bar en la población de White Plains, que quería incluirlo en el *show* de sus bailarinas y más tarde, ya cuando iban de vuelta rumbo a Omaha, vendió a los otros dos enanos, uno en

Cheyenne, al dueño de una granja que veía en su tamaño una ventaja a la hora de ordeñar vacas o cabras y el otro en Jackson, a la dueña de un burdel que lo quería para que sirviera las copas. *Ya tengo un negro y un indio hopi, ¿no le parece que es hora de que tenga también un enano?,* escribe Lobatón que dijo la señora del burdel.

Llegaron a Omaha solo con Lucía, el macrocefálico y los gemelos Cambialegge. Vamos a plantar una sola tienda, dijo Lobatón a sus operarios, y puso al macrocefálico a hacer de comparsa de la enana, a actuar como el marido que leía el periódico mientras su mujer picaba una cebollita, pero el público de Omaha, acostumbrado al enano que tradicionalmente la había acompañado, se tomó a mal la presencia de ese intruso y durante tres funciones le silbó, le gritó majaderías y una noche llegaron al extremo de arrojarle objetos, cojines, fruta podrida, piñas de pino. Lobatón tomó cartas en el asunto y ofreció al macrocefálico un puesto en los vagones de producción, que estaban atestados de empleados chinos que trabajaban, en dos turnos, las veinticuatro horas del día. Le ofreció eso o una generosa cantidad de dinero como liquidación por sus años de trabajo, cosa que el macrocefálico aceptó de buena gana.

Con esa liquidación, más la decisión de los gemelos Cambialegge de que antes de llegar a San Francisco abandonarían el tren, el *freak show* había dejado de existir para reconvertirse en el *show* de Lucía Zárate, un negocio mucho más controlable, que seguiría dejando dinero sin que el empresario hiciera prácticamente ningún esfuerzo. El 20 de noviembre de 1889, Lobatón escribe en su bitácora, *otra vez la enana y yo solos, estamos como al principio, hemos cerrado un círculo.*

El 22 de noviembre de 1889, Lizbeth Gabarró llegó a Omaha. Había pasado cuatro semanas
en Nueva York poniendo en orden las propiedades que había ido comprando Lobatón, edificios,
casas, solares, y las inversiones que había hecho en
diversos negocios, entre ellos una pequeña fábrica que acababa de producir su primera cámara fo-
tográfica. Una caja grande y negra que había que
sujetar con las dos manos, a la altura del ombligo,
con una lente, una mariposa metálica para enrollar
la película y un botón disparador; era un novedo-
so aparato doméstico que podía manejar cualquier
persona. Lizbeth llegó a Omaha con una cámara de
esas y durante los siguientes días, pasando por alto
el poco entusiasmo que mostraba Lobatón por el
nuevo invento, hizo una interesante serie de fotos.

El 24 de noviembre de 1889 Lizbeth y Cristino se casaron en Omaha, en una sencilla ceremonia
oficiada por el alcalde a la que asistieron, en calidad de testigos, Ly-Yu y el doctor Timothée Deschamps. Al margen de la relación que tuvieran, se
entiende que se trataba de un trámite obligado por
las circunstancias. Lizbeth tenía cada vez más res-
ponsabilidades en Manhattan, era la figura visible
de un conglomerado de propiedades y negocios,

además participaba activamente de la vida social de la ciudad, y era más fácil llevar las riendas de todo aquello siendo ante la ley la mujer del propietario. En las dos fotografías del evento que algún voluntario hizo con la Kodak de Lizbeth, se le ve a ella con un vestido blanco, alta y radiante, con esa sonrisa que admiraba todo el mundo, al lado de un Lobatón escéptico, que va vestido con un grueso abrigo ¿de bisonte?, ¿de oso?, y un sombrero que, quien no conozca los sombreros chikuapawa, podría confundir con un bombín. Lizbeth, que intuye la trascendencia de los retratos, sonríe mirando a la lente, con gracia y cierta altanería; en cambio Lobatón mira de lado, con escepticismo, parece que espera a que ya termine ese suplicio para irse a hacer sus cosas. Aunque están juntos no se tocan, y a pesar del ajuar de Lizbeth no parece la foto de dos personas que acaban de unirse en matrimonio, parecen más bien dos amigos.

El 25 de noviembre Lizbeth, el doctor Deschamps y Lobatón salieron a caballo rumbo al pueblo chikuapawa. Lizbeth llevaba la Kodak e hizo una fotografía de los dos hombres montados en sus caballos. Ahí, a diferencia de las fotografías del día anterior, Lobatón se ve exultante, va con su sombrero negro, su grueso abrigo y debajo, en lugar de su habitual frac o de su levita típica, se adivina una camisa, quizá de piel de algún animal, y tampoco el pantalón parece el que usaba habitualmente, pero sí conserva sus botas de piel de víbora. De la cintura le cuelga un revólver, que alcanza a verse por la abertura del abrigo y, a los lados del caballo, en dos estuches que sobresalen de las ancas, lleva dos rifles largos. El doctor Deschamps tiene el aspecto de siempre, parece un caballero europeo de abrigo y sombrero de copa, y lleva el rifle en una mano, que seguramente guardará en la funda en cuanto Lizbeth termine la fotografía. Lobatón mira a la lente, exultante como he dicho, mientras que Deschamps lo mira a él, fascinado. Mira en ese hombre la metamorfosis que él no se ha atrevido a abrazar. Timothée Deschamps había nacido en París en 1830 y después de estudiar medicina en la Sorbonne y de ejercer dos años como médico general en una clínica de Montparnasse, consideró que estaba harto de la civilización europea, e igual que el pintor Paul Gauguin o que el poeta Rimbaud, dejó Francia para buscarse otro mundo, que en su caso no podía ser más que el nuevo mundo en expansión que era Estados Unidos. Deschamps había absorbido desde muy joven la cultura del *western*, las historias de indios y *cowboys* que tenían mucho éxito en Europa durante el siglo XIX, unas historias que contaba el escritor Karl May en sus novelas y que se representaban en los teatros, en los circos y en los cabarets. Toda esa pasión por el salvaje oeste que sentían los europeos explotó en 1886 con el *Wild West Show* del auténtico Buffalo Bill, que representaba su propia vida en un circo, acompañado por su archienemigo, y a la sazón su socio, Toro Sentado. Durante la Exposición Universal de París, precisamente en 1889, diez mil personas asistieron a la función inaugural de aquel espectáculo, donde se veían una serie de combates, debidamente teatralizados, entre cowboys auténticos e indios también auténticos, que volvían locos a los franceses. Porque los actores no solo eran indios y cowboys auténticos: eran esos mismos indios y cowboys que veinte años atrás se peleaban por el territorio en Estados Unidos. Al espectáculo asistían familias completas, y las parejas de recién casados procuraban tocar a los indios porque creían que el contacto con ellos aumentaba la fertilidad, y lo mismo hacían los viejos y los enfermos, tocaban a los hombres de Toro Sentado para que les transmitieran algo de su energía milenaria. A partir de esa admiración que había en el viejo continente por los indios, pero también por el mundo sin domesticar que ellos representaban, los europeos pusieron en perspectiva su sólida civilización y descubrieron que se habían civilizado tanto que ya no quedaban rendijas por las que se colara el mundo primigenio y así, en la segunda mitad del siglo XIX, exhibiendo una versión domesticada de aquel mundo salvaje que seguía en plena ebullición, Estados Unidos comenzó esa colonización cultural de Europa que persiste hasta nuestros días. Pero cuando Buffalo Bill y Toro Sentado triunfaban en París, el doctor Timothée Deschamps ya llevaba veinte años en Estados Unidos; él, a diferencia de sus paisanos, convivía con indios y cowboys de verdad. Se había especializado en frenología con el doctor Lorenzo Fowler y durante dos décadas había recorrido de costa a costa Estados Unidos, palpando las cabezas de miles de pacientes e impartiendo esas charlas de las que ya hemos hecho mención aquí. Pero una cosa era

222

palpar el cráneo de un navajo, de un hopi, de un sioux, y otra acercarse a la tribu de los chikuapawa con su amigo el empresario. Cristino Lobatón lo llevaba a esa experiencia auténtica que él perseguía desde que era un muchacho en París, lo llevaba a la experiencia salvaje real, a ese mundo originario que todavía no había sido contaminado por la civilización occidental que entraba en el país de manera irreversible. Ya otras tribus habían sido contaminadas, pervertidas, arrasadas por la expansión industrial de finales del siglo XIX, pero los chikuapawa seguían conservando sus tradiciones, sus rituales, sus costumbres y sus creencias, su apego a la tierra. Por eso aquel 25 de noviembre de 1889, en esa fotografía que hizo Lizbeth Gabarró de los dos amigos a punto de cabalgar hacia el pueblo chikuapawa, se ve al doctor mirando con fascinación a su amigo Cristino, porque se estaba convirtiendo en eso que él tanto había admirado desde su juventud.

Del 25 de noviembre al 10 de diciembre de 1889, Lizbeth, Cristino y Timothée estuvieron con los chikuapawa haciendo la vida que llevaban ellos, una vida elemental con una milenaria cartografía de lo sagrado que el doctor Deschamps trataba de capturar en su cuaderno de apuntes. Lobatón se ocupaba de su negocio, conspiraba con el jefe y hacía largas cabalgatas de las que con frecuencia volvía dos días después quemado por el sol, con los labios resecos por el viento helado y las puntas del bigote abiertas como dos flores de alambre. Deschamps narra un episodio, desde un punto de vista que no queda claro, no se sabe si se ha quedado rezagado en una cabalgata o si paseaba por ahí cuando se encontró con esa escena, no queda claro pero da lo mismo, se trata de un problema narrativo, de una situación que tendría que haber sido contada de otra forma, fugada desde otra perspectiva, pero esto ya no puede exigírsele a un doctor frenólogo, a un experto en las artes mesméricas que no buscaba más que dejar sus memorias por escrito. Deschamps nos cuenta que ve a Cristino desde lejos, supongo, por todo lo que alcanza a ver, que desde un sitio elevado, probablemente la punta de una montaña. Lobatón cabalga solo al lado de una enorme manada de búfalos, pasa al lado de ellos y justamente cuando está a punto de dejar atrás las montañas, antes de entrar al valle, al campo abierto, observa algo que lo hace cambiar de rumbo. El gesto es tan evidente que Deschamps busca el motivo, y lo encuentra adelante en el valle; es un grupo de sioux que cabalga en sentido contrario, de sioux *prédateurs*, escribe textualmente, de indios guerreros que seguramente atacarían al jinete solitario si lo hubieran podido ver, porque Lobatón todavía no entraba al valle, estaba en un plano más alto encañonado entre dos montañas. Después del gesto Lobatón ralentiza la carrera de su caballo para emparejarse con la manada de búfalos, hábilmente se mete entre ellos y, para no sobresalir de la manada y pasar desapercibido, se agacha y se abraza al caballo de tal manera que los sioux *prédateurs* no lo ven, pasan de largo.

Durante esos días Ly-Yu se hacía cargo de la actuación de Lucía en Omaha o encargaba la vigilancia a uno de sus chinos de confianza, y este a su vez acababa relegando la tarea a los padres de la vedet, que por primera vez, desde que habían llegado a Estados Unidos, cumplían con una responsabilidad. No está mal que esos fantasmas hagan algo, dijo Cristino cuando Ly-Yu le planteó la situación. De todas formas lo de Lucía era insostenible, después de diez días en Omaha se había acabado el público que quería verla y por primera vez, desde que había empezado su carrera, se veía actuando en una carpa medio vacía y sin ninguna fecha por delante, excepto una actuación que tenía en San Francisco, en enero de 1890, en el teatro más importante de la ciudad. Un compromiso que nunca llegaría a cumplir.

El 12 de diciembre de 1889 Deschamps y Lobatón se vieron por última vez. El tren partía al día siguiente a San Francisco, en un viaje que dedicarían exclusivamente a la producción y distribución del opio en los pueblos que iban tocando. Ya no habría más carpas ni más actuaciones en el camino, y por tanto se podía prescindir de los pocos obreros y tramoyistas que todavía quedaban y que ocupaban un espacio que a Ly-Yu le hacía falta para colocar más trabajadores. Los gemelos Cambialegge habían avisado a Lobatón que solo seguirían a bordo del tren hasta Reno, donde un empresario de teatro les había ofrecido un lucrativo trabajo. Giovanni y Gian Battista ya eran muy ricos para entonces, con la ayuda de Lobatón habían invertido su dinero y ya tenían suficiente para vivir sin dar golpe el resto de sus vidas. De su temporada en Reno no se tiene noticia, y el hilo de la historia de estos dos personajes reaparece en Venecia, en ese *palazzo* que compraron para seguir con esa vida rara de la que ya se habló en otras páginas.

En aquella última cena que tuvieron, sin saber que sería la última, Cristino y el doctor Deschamps hablaron animadamente de diversos temas. Lizbeth, que regresaría a Nueva York al día siguiente, les hizo una fotografía con su Kodak en la que aparecen los dos, bajo una lámpara de aceite que cuelga del techo, sobre una mesa donde se nota que se ha comido y se ha bebido con generosidad. Cada quién tiene en la mano un enorme puro, de los que fumaba habitualmente el empresario; el del doctor está medio oculto detrás de una botella y en cambio el de Lobatón está suspendido en el aire, entre sus dedos, como si hubiera estado a punto de darle una sustanciosa calada y se hubiera detenido para que Lizbeth hiciera la fotografía. Los dos sonríen, parecen felices, el doctor está, como siempre, muy atildado, y en cambio Lobatón tiene un *look* agreste, el pelo salvaje y revuelto, la camisa sin corbata. Tres botones abiertos permiten ver el amuleto chikuapawa que le cuelga del pecho. De lo que hablaron esa noche queda constancia en la bitácora. Lobatón le contó que estaba escribiendo sus memorias, a gran velocidad, pero que en los últimos días comenzaba a dudar de que eso tuviera algún sentido, *personne ne va s'intéresser*, nadie va a interesarse, dijo, y el doctor, después de hacerle ver que desde luego habría quien pudiera interesarse, le confesó que él también estaba pensando en escribir las suyas. Después Deschamps habló con entusiasmo y agradecimiento de su estancia con los chikuapawa, dijo que había sido *une expérience fantastique*, y que se sentía *très hereux, je vous remercie beaucoup, Monsieur Le Bâton*, y a continuación, según el relato de la bitácora, le dijo que entre los chikuapawa había logrado verlo en su verdadera dimensión, perfectamente integrado, siendo uno y lo mismo con ese mundo primigenio que había heredado de su madre. El doctor preguntó a continuación si sabía quién era el poeta Walt Whitman. Por supuesto, respondió Lobatón, y le contó que una maestra de inglés que tenía en Veracruz, cuando era niño, era la traductora de Whitman en México y que, además, lo hacía aprenderse de memoria algunos poemas. ¿Y los recuerda?, preguntó Deschamps. Ni un solo verso, respondió Lobatón, y luego explicó que a esa edad los poemas no le interesaban y que ya de adulto, cuando podía haberlos disfrutado, se había convertido en un hombre de acción, en un *bussines man* que no tenía tiempo para los libros. Al verlo ahí entre los chikuapawa, siguió Deschamps, recordé un poema de Whitman, en donde el cuerpo es la metáfora del mundo y todos los elementos que lo constituyen están íntimamente relacionados, componen un sistema en el cual cada elemento que se mueve provoca el movimiento de los otros, precisamente como sucede a nuestro alrededor, donde todos los elementos y todas las criaturas animadas e inanimadas están inmersas en un enorme cuerpo eléctrico. Así lo vi con los chikuapawa, quizá porque los europeos tenemos la manía de separarlo todo, de ver cada elemento como un universo cerrado en sí mismo, dijo Deschamps e inmediatamente se disculpó, perdóneme usted si me estoy poniendo espeso, desbarro, ya me callo, he bebido mucho vino, pero antes permítame hacerle una sugerencia, debería titular sus memorias como ese poema de Whitman, *I sing the body electric,* póngales así, "El cuerpo eléctrico", ya está. Y ahora sí me callo, *santé! cher ami.*

Cristino le hizo caso, tituló así la parte de sus memorias que logró escribir, pero no parece que haya leído el poema antes de hacerlo. Su gurú le había sugerido ese título y a él eso le parecía razón suficiente para ponerlo. Deschamps compartía la doctrina de Franz Mesmer, que era el complemento de sus dictámenes frenológicos, estaba convencido de que entre los seres vivos y los cuerpos astrales existe un fluido universal común de naturaleza eléctrica; de manera que su idea de Cuerpo Eléctrico tenía que ver con su concepción mesmérica del universo, con ese fluido universal que era una invención del siglo XIX, y no tanto con la energía que entonces hacía funcionar al telégrafo y que en el siglo XX iluminaría las ciudades.

El 13 de diciembre de 1889 Lizbeth Gabarró habló por última vez con Cristino Lobatón. Antes de subirse a la diligencia que la llevaría de vuelta a Nueva York, acordaron los términos en los que iba a parcelarse un enorme solar que colindaba con el Central Park y revisaron la idea que tenía Ly-Yu de comprar una bodega en los muelles de Chelsea, porque el edificio que usaban como base *nos queda chico, se queda corto, no tiene suficiente capacidad*, escribe Cristino en la bitácora. Capacidad ¿para qué?, ¿qué clase de negocio requería una bodega en los muelles? El opio seguramente no era, porque todo pasaba por la trastienda de los chinos de la calle Canal, pero seguramente las inversiones inmobiliarias que hacían en Manhattan, en esa época donde reinaba el "espíritu de destruir-y-volver a construirlo todo", requerían un sitio donde almacenar el material, la maquinaria, los muebles. Aunque también he llegado a pensar que los trabajadores que iba reclutando Ly-Yu, y que iban creciendo en número a medida que se expandía el negocio del opio, necesitaban un galerón en donde guarecerse. Un edificio lleno de trabajadores chinos en Broadway hubiera sido demasiado llamativo y la bodega era un espacio más discreto, estaba aislada, lejos de la muchedumbre que caminaba todo el día por las aceras. Aunque la producción y la distribución del opio no era técnicamente un delito, si podía serlo el acopio, y el tráfico, de trabajadores chinos, y desde luego esa multitud de extranjeros, que no contaban con la simpatía de la sociedad, ponían en riesgo la empresa, en cualquier momento podía llegar a inspeccionar la policía, y tirando del hilo llegarían al tren, a la producción ambulante, al fumadero, a las decenas de chinos anónimos trabajando las veinticuatro horas del día y finalmente a las ganancias estratosféricas y a todos los impuestos que evadía esa actividad tan lucrativa. La producción y distribución del opio no estaban prohibidas, pero el entramado que las contenía rayaba en el delito. Si no eran los trabajadores chinos, la bodega en los muelles de Chelsea sería para almacenar otra cosa, jarrones antiguos, estatuas griegas, un lote millonario de abrigos de visón, no lo sé, la bitácora no lo especifica, pero queda claro que el 13 de diciembre de 1899 la bodega era un tema importante, y lo era porque tendrían algo sustancioso que almacenar. Lizbeth y Cristino hablaron esa mañana muy temprano, a las seis y quince, antes de que ella regresara a la ciudad, y mientras lo hacían bebían el café que el empresario hervía en un fuego que había avivado a la intemperie, dentro de un redondel de piedras, como lo hacía cuando le llegaba la mañana montado en el caballo.

Durante esos últimos días, las últimas semanas antes de su desaparición, la bitácora se vuelve especialmente prolija, parece que ya supiera que estaba a punto de irse y que se esmerara en anotar detalles, como si en esa constelación de cosas nimias que iba registrando dejara las claves de su verdadero yo. Gracias a esta prolijidad sabemos que llevaba varios días durmiendo en un camastro del fumadero, porque le había dejado a Lizbeth su alcoba, y que esa mañana, después de hablar de las inversiones que hacían en Nueva York, Lizbeth le dijo que había visto a la enanita triste, y que no hacían falta muchas luces para ver que después de haber sido la reina en Europa durante ocho años, las condiciones en las que la habían reintegrado a la gira eran humillantes, la tenían durmiendo en un vagón inhóspito, y encima en los últimos días se había quedado sola, se había convertido en la última resistente del *freak show*. Lizbeth sugirió, según consta con todo detalle en la bitácora, que puesto que Cristino ya no utilizaba su alcoba, permitiera a Lucía que durmiera ahí, cosa que efectivamente sucedió a partir de entonces, porque el 14 de diciembre de 1889 Lobatón abandona el tren, considera que es *una fábrica llena de ruido, humo y hollín, que se desplaza a una velocidad que está fuera de la escala humana*, y que todos esos elementos le impiden *concentrarse en lo importante*.

Su aversión por la fábrica ruidosa y llena de humo, y por la velocidad de un vehículo que prescinde de la fuerza animal para desplazarse, se refleja en un episodio que cuenta el doctor Deschamps en sus memorias. Durante aquella cena que celebraron en Omaha, después de su estancia en el pueblo chikuapawa, Cristino le dijo a Timothée que ese pueblo se había conservado así, en su estado original, porque no había permitido *l'irruption de la modernité*, como sí habían hecho otros pueblos, que por montarse en la ola de la industrialización y del progreso comenzaban a convertirse en una atracción turística. Más adelante Cristino razonaría, de acuerdo con lo que escribe el doctor Deschamps, que la distribución de opio era, para los chikuapawa, una manera más aséptica de integrarse a la economía de mercado, siempre y cuando ellos no tuvieran que bajar a Omaha a lidiar con el mundo occidental. Cada vez que va uno de los nuestros a la ciudad regresa con un abrigo y un sombrero de cowboy, cuenta Deschamps que le dijo Cristino que había dicho el jefe chikuapawa. Lobatón tenía sus razones personales para mirar con escepticismo la violenta irrupción del progreso, pero no era el único, hacía décadas que se debatía el filón negativo de la modernidad, que se miraba con creciente escepticismo que la construcción de un país industrializado entrañara tanta destrucción, hacía ya varios años que se miraba con desconfianza al tren, que aunque sacaba del aislamiento a pueblos enteros, lo hacía sobre una nervadura de hierro que necesariamente transformaba el entorno y dejaba a su paso una tóxica humareda. En 1889 hacía ya treinta y cinco años que Thoreau había escrito *Walden*, el ensayo autobiográfico que contiene los fundamentos de esa reacción contra el progreso a ultranza que experimentaban desde entonces muchos ciudadanos, entre ellos Cristino, que desde luego no había leído el libro.

El 14 de diciembre de 1889, un día después de que Lizbeth Gabarró regresara en su diligencia a Manhattan, el tren del opio partió rumbo a Jackson, en ese viaje que iba a llegar, como de costumbre, hasta San Francisco, pero ya sin la actividad paralela del *freak show*. Durante las siguientes semanas irían visitando las poblaciones que ya contaban con un mercado establecido, irían entregando paquetes en las boticas, en los bares, en las tiendas de herramientas para el campo, en las carnicerías, en las pensiones para viajeros, con un sistema que había ido desarrollándose a la par que el negocio, un procedimiento elemental que consistía en llegar a la estación, distribuir los paquetes que tenían apalabrados en diversos negocios mientras uno, dos, cuatro jinetes, dependiendo del tamaño de la operación, encabezados por Cristino Lobatón, bajaban los caballos de la *menagerie* y salían con diversos rumbos hacia distintos puntos cardinales para entregar en los pueblos que no tocaba el tren. Mientras se iban los caballos, en un viaje veloz que a veces tenía a los jinetes hasta dos días lejos de la estación, Ly-Yu seguía coordinando la producción dentro del tren, el amasado de la pasta, la temperatura de los fogones, el estado óptimo de los matraces, los frascos, los envoltorios, el control de calidad de los alijos, y en lo que la fábrica trabajaba a plena capacidad, el fumadero abría sus puertas a la clientela del pueblo, que era siempre masculina, mayoritariamente de trabajadores, de campesinos y cowboys, pero también de indios que pasaban de la tienda al bar y de ahí al fumadero para después regresar a su tribu ya tocados, ya contaminados, ya en proceso de convertirse en atracción turística. En el fumadero se había implementado un servicio muy atractivo, entre los confortables camastros, las relucientes bandejas, las primorosas lamparitas de porcelana y los sugerentes y espesos cortinajes que cubrían, del suelo al techo, las paredes y las ventanas, deambulaba una docena de jovencitas chinas que atendían a esos hombres, cowboys, indios, trabajadores de la tierra despatarrados en sus camastros, idos hacia algún estimulante confín mental del que solo se asomaban para pedir que les acercaran la boquilla de la pipa, para pedir a una de las chinitas que les quitara las botas, que les diera agua, que les quitara el arma porque sentían una molesta presión en los riñones, o que permaneciera ahí con ellos, dándoles la mano, asistiéndolos y proveyendo la sombra que les daría una flor, porque esa docena de jovencitas eran flores, eran doce ninfas de batín, perfumadas y acicaladas, piezas preciosas en ese despeñadero de indios y vaqueros y trabajadores de la tierra, de machos derrumbados, derruidos, derribados por una sustanciosa calada de la pipa y esas ninfas chinas que pululaban por el vagón les limpiaban las babas, les enjugaban el sudor, los alineaban en el camastro, eran las ninfas pero también las enfermeras, las guardianas, las madres chinas que velaban por sus hijos descarriados, por esos hombres que en cuanto partiera el tren regresarían a su casa, a su tienda, a su tierra, a su mujer y a sus hijos, a su irrelevante vida monótona y a esperar con ansiedad el momento en que regresara nuevamente el tren, el momento glorioso en que la ninfa china por fin les acercara la boquilla de la pipa, el pañuelo, su cuerpo de flor perfumado de sándalo.

En ese trayecto de Omaha a Jackson que según la bitácora les tomó un poco más de ocho horas, Cristino ya había tomado la decisión de bajarse del tren. Viajó al mando de un *buggy* del que tiraba un caballo que le había obsequiado el dueño del banco de Omaha, donde el empresario depositaba, cada vez que pasaba por la ciudad, cantidades escandalosas de dinero. El *buggy* salió a la par que el tren por la carretera y llegó a Jackson cuando Ly-Yu recibía a los primeros clientes del fumadero y uno de los chinos alimentaba a los caballos en la *menagerie*, echaba generosas paletadas de forraje en los pesebres para que al día siguiente estuvieran en condiciones de galopar. ¿Mañana?, preguntó Lobatón apeándose de un brinco del *buggy*, los caballos salen hoy mismo, sentenció, y después de comerse un caldo y de beberse una pinta de cerveza en la cantina, salió galopando con los paquetes amarrados a la grupa del caballo rumbo a Johnson Plain, un villorrio donde no había más de cuarenta personas y sin embargo contaba con una nutrida cartera de clientes, todos cowboys o trabajadores del campo.

235

Cristino cabalgó en plena noche, acompañado por la luz de la luna y orientándose como le habían enseñado los indios, *viendo* esas señales que solo ellos eran capaces de encontrar. *No es que los chikuapawa sean muy orientados*, reflexiona Lobatón en su bitácora, *es que ven cosas que a los demás se nos escapan.* Dos horas más tarde paró a hacer un fuego para hervir café, hizo un redondel de piedras, encendió la lumbre, se quitó el sombrero y se ajustó el grueso abrigo ¿de bisonte?, ¿de oso?, y después puso el café, el agua, acomodó la olla y en lo que esperaba a que llegara el primer hervor oyó un rumor, el tremor de un animal grande que lo observaba, que estaba muy cerca, detrás del breñal según sus cálculos. Después de ese tremor vino un angustioso silencio, el animal estaba acechándolo, casi podía sentir su respiración debajo del crepitar del fuego. Un búho cruzó de un árbol a otro, recorrió el trayecto entre las dos lenguas del bosque que dividía el final de un cañón y dejó en el aire un desgarrador ululato que hizo moverse al animal que estaba agazapado en el breñal, acechándolo. Cristino tenía los ojos fijos en la olla de café, en el rojo intenso de las brasas, pero no perdía detalle del animal que acababa de moverse detrás de él, sabía que tendría un solo movimiento si quería liquidarlo, y sabía que si no lo conseguía el animal iba a liquidarlo a él, así que, en cuanto sintió que había abandonado su escondite y oyó como ponía una pesada pata sobre la hierba y luego otra y luego otra más ligera, cogió el rifle que tenía al lado y en el mismo movimiento veloz giró la cintura, tiró la olla con la culata del arma, derramó el café sobre las brasas, encaró al puma, apuntó entre los ojos y apretó el gatillo cuando el animal saltaba encima de él. Todo pasó en un instante, en el mismo ulular del búho. El puma cayó a medio metro de él con un estrépito sordo y un tiro que le entró por la garganta y le salió por la parte superior del cráneo.

Cristino llegó a Johnson Plain a las ocho de la noche, con el cuerpo del puma, al que él llama *mountain lion* en su bitácora, atravesado en el caballo. Saludó a dos hombres que fumaban en un porche sentados en sus sillas mecedoras y siguió hasta la cantina, donde a esas horas estaba toda su clientela. Amarró el caballo, se colgó el saco donde llevaba el opio y se puso el animal en los hombros. Así entró a la cantina del pueblo, cargando el animal, con el pelo y los bigotes revueltos, la cara manchada de tierra, de tizne, su grueso abrigo y sus botas de piel de víbora, con un aspecto que impidió que su clientela lo reconociera de inmediato, que incluso hizo a uno llevarse la mano a la pistola y al dueño de la cantina tentar el rifle que guardaba debajo de la barra hasta que alguien dijo, con asombro, con un inmenso alivio, después de escrutar ese rostro polvoso que le parecía familiar, *Christ almighty, it's you!*

¿Y Lucía? De la enana no se dice nada en ese periodo de la bitácora, no aparece mencionada en ninguna página, no interesa, no tiene ya ninguna función en ese viaje hasta que, unas semanas más tarde, vuelve a tenerla y toda la historia vuela por los aires. De todas formas la podemos imaginar cómodamente instalada en la alcoba de Lobatón, descansando por fin después de más de una década de exhibirse sin tregua, limándose las uñas, mirando distraídamente por la ventanilla, pensando en su presentación en el teatro más importante de San Francisco y quizá vislumbrando en ese evento un cambio de rumbo, un regreso a la vida estática, al trabajo en un solo teatro, como la había tenido brevemente en su paso por el *show* de Barnum. Porque algo había hablado ya con Lobatón de eso, según se transparenta en algunas líneas, en páginas anteriores de la bitácora, cuando Lizbeth Gabarró negociaba la alcoba del empresario para la enanita, algo dice sobre regresar a Manhattan, dice textualmente porque así lo registra Lobatón, en tres frases muy puntuales, *Ya no pueden mezclarse los dos negocios en el tren porque esto acabará en una rebambaramba. Veo mareada a Lucía de tanto ir del tingo al tango. La enanita estaría mucho mejor en Nueva York, sin tanto viaje*. De manera que aquella presentación en San Francisco sería la última de esa interminable gira y después, al parecer, Lucía tendría su espectáculo en Nueva York y el tren se concentraría en la fabricación y distribución del opio. De Fermín y Tomasa tampoco hay rastro en esas páginas, seguramente irían en el vagón que antes ocupaban los artistas, pasarían los días dormitando, arrullados por el traqueteo del tren.

Hacía ya unas semanas que de la enana se hacía cargo Fen, una de las flores chinas que atendían el fumadero y que Cristino designó para que fuera la guardiana de su actriz, la que viera por ella, la que se hiciera cargo de comprobar en la cocina que estuvieran a tiempo sus comidas, la que fuera con ella cuando quisiera bajarse en un pueblo, a comprar algo o a caminar por la calle, un tramo corto porque invariablemente llamaba la atención y la gente que la había visto actuar se le acercaba, le decía cosas, la acosaba y aquella situación para Fen era difícil de controlar, así que con frecuencia antes de bajar a tierra pedía a alguno de los guardias de Ly-Yu que las acompañara. Aquellos eran tiempos peligrosos para las mujeres solas, como lo eran para ese tren cargado de opio y de dinero que recorría de un lado a otro el país por vías siempre solitarias. No hay en la bitácora de Lobatón noticia de ningún asalto al tren, no hay escenas de la vía interrumpida por una pila de troncos, del tren deteniéndose con gran estrépito de metales, sacando chispas por las ruedas que chirrían contra el riel, no hay escenas de la máquina parándose a un metro de un hombre que, desde arriba de la pila troncos, apunta con un rifle mientras sus secuaces salen del bosque pegando tiros, abordando el tren y haciéndose con el botín. No hay escenas de estas, como digo, pero sí están presentes los guardias de Ly-Yu, ese grupo de chinos enormes, forzudos, temibles, que van apareciendo ocasionalmente en la bitácora y que iban a bordo precisamente para evitar esas escenas que nunca tienen lugar. Era uno de estos chinos, que pertenecían a una mafia de Cantón, el que acompañaba a Lucía y a Fen cuando el pueblo era muy tumultuoso. La primera vez que aparecen en las páginas de Cristino esos enormes chinos es cuando Ly-Yu le sugiere que se lleve dos en esos viajes que hace solo, a pueblos perdidos, a repartir opio, y también le sugiere que se los lleve en sus desplazamientos en el *buggy*, cuando va siguiendo el tren de pueblo en pueblo y recorre grandes trechos solitarios, por rutas que se distancian varios kilómetros de las vías del tren. No está claro si los enormes chinos acompañaron en algún momento a Lobatón, pero sí se sabe del efecto que produjo la sugerencia de Ly-Yu, que le habrá dicho, ¡No puedes ir solo, pinche Cristino!, ¡pasuputamadre, cabrón, te va a pasar algo!, y el resultado de aquellas protestas de su amigo de la infancia fue que Lobatón se hizo de una guardia personal a medida, porque a partir del 20 de diciembre de 1890, el día en que anota *Hoy nevó con fuerza por primera vez*, Cristino cabalga hacia los pueblos remotos acompañado por dos guerreros chikuapawa, que lo ayudan con los alijos y lo asisten en las noches oscuras, cuando tenía que dormir a la intemperie alrededor del fuego.

Las siguientes semanas son un viaje frenético y repetitivo, el tren va parando en cada estación y mientras habilitan el fumadero salen dos, cuatro, seis caballos rumbo a los villorrios y los caseríos donde tenían clientela. Las cuentas de Cristino demuestran que hasta en el pueblo más perdido de Wyoming había gente que les compraba opio, en todos había una cantina, un burdel, un grupo de cowboys hastiados de su vida monocorde que esperaban con ansiedad la droga china.

Un mes más tarde, el 20 de enero de 1890, Lobatón y sus chikuapawa llegaron a Smithson, un pueblo de veinte casas medio sepultadas por la nieve. Los caballos habían llegado improvisando sendas y, en más de una ocasión, los jinetes habían tenido que desmontar y, con la nieve hasta las rodillas, tirar del caballo, que se había quedado hundido con la nieve hasta la barriga. En uno de esos episodios Lobatón se fijó en los ojos de su animal, al tirar de las bridas para sacarlo de la nieve su cabeza quedaba muy cerca de la del caballo y en una de esas maniobras aconteció ese contacto ocular que Cristino festeja como *el momento en que me comuniqué por primera vez con el animal*. A partir de entonces siempre mira a los caballos a los ojos, ahí mira *el sosiego* o *el peligro* pero también el rumbo que debe seguir, *cuando me desoriento me asomo al ojo de mi caballo para que me indique el camino*, escribe Lobatón y luego ya no abunda sobre el tema, nos deja con esa hermosa imagen del ojo del caballo como la bola de cristal en la que ven el porvenir los adivinos.

Al llegar a Smithson amarraron los caballos, y en lo que los chikuapawa preparaban los paquetes que iban a entregar, Cristino desensilló a su animal para que descansara mientras ellos comían algo; era una maniobra que hacía últimamente, cuando habían cabalgado muchas millas, movido por eso que había descubierto en los ojos del caballo, pero también por la inquietud que le provocaba ver que los chikuapawa montaban sin silla, sobre una manta, casi a pelo. No había un alma en la única calle de Smithson, pero de la cantina, como pasaba en cada pueblo al que llegaban, salía el rumor de la gente, las notas de una pianola, el ruido de los vasos chocando contra la dura superficie de las mesas. Cristino entró en la cantina seguido por sus chikuapawa, y con esa compañía y el aspecto que le había dejado la prolongada cabalgata por la nieve, la clientela no pudo reconocerlo hasta que se quitó el sombrero y se sacudió la nieve del bigote. El opio se vendía sin dificultad, después de dos visitas ya no hacía falta convencer a nadie, había una clientela fija que les compraba lo suficiente para pasar los dos o tres meses que tardarían en regresar. La droga china era un éxito en esos pueblos perdidos donde, después de que se metía el sol, los hombres no tenían nada que hacer, el opio era una puerta de escape hacia un lugar remoto lejos de las tierras labradas, de la siembra y de las cosechas, de los caballos de tiro, de las ovejas y de las vacas. Era una puerta por la que los hombres se iban muy lejos.

Antes de la llegada del extranjero con las botas de piel de víbora, a esos hombres les gustaba regresar al sillón frente al fuego, al cuerpo cálido de sus mujeres, al abrazo de la carne contra la carne debajo de las mantas, les gustaba entrar en ellas con un gemido de alivio y todo aquello se había desintegrado con la llegada del opio. En más de una ocasión Cristino y sus chikuapawa fueron interceptados, a la entrada de algún pueblo, por la mujer de alguno de sus clientes que les suplicaba que ya no le vendieran eso a su marido, mujeres que detenían los caballos de pie en medio del camino, con los brazos en alto, mujeres que primero gritaban, exigían, y al ver el gesto impasible con que las miraba Lobatón, se arrimaban al caballo, se agarraban de su bota y suplicaban que diera media vuelta y se fuera. *Bussiness are bussiness*, escribe en su bitácora, *y yo no puedo dejarme conmover por esas viejas plañideras. ¡Que se chinguen!*

Más que hacerle caso a Ly-Yu en el asunto de los guardias cantoneses, Lobatón comprendió por su cuenta que no debía ir solo a esos pueblos en donde sus clientes lo veneraban y las familias de estos lo querían matar. Pero no solo eran las familias, también lo interpelaba con frecuencia algún pastor, con ese descaro autoritario tan propio de los ministros de Dios, con ese discurso desmedido que termina siempre con las llamas del infierno. Aquellos encontronazos de Cristino con los detractores del opio, que lo interpelaban a la entrada de los pueblos, se reproducían en las estaciones donde iba parando el tren. El pastor y las mujeres protestaban afuera del fumadero mientras los maridos gozaban despatarrados en sus camastros, atendidos por las flores chinas que les acercaban la boquilla de la pipa, les secaban el sudor o las babas, atenuaban la luz de las lamparitas. ¿Qué hacemos con esas viejas y con el cura? Preguntaba Ly-Yu a Lobatón cada vez que sucedía aquello. Nada, ¡que se chinguen!, respondía invariablemente Cristino.

El 24 de enero de 1890 el tren llegó a la estación de Winnemucca. San Francisco estaba apenas a trescientas ochenta millas y Lucía, después de esas semanas de inactividad forzosa, empezaba a entusiasmarse. Con la ayuda de Fen sacaba sus vestidos, los ponía sobre la cama, elegía tres o cuatro modelos para cambiarse durante el *show* y lo mismo hacía con los zapatos, los ponía en fila por pares sobre la misma mesilla larga donde, años atrás, había empezado Ly-Yu con los gemelos Cambialegge a amasar el primer cargamento de opio. Lucía estaba contenta por primera vez, le dijo Fen a Lobatón, y el empresario le contestó que le daba gusto, que lo celebraba porque ese era el humor que favorecía a la vedet arriba del escenario. Pero después de consignar este breve intercambio de palabras con Fen, hace ver que aquello lo ha dicho por no ser grosero con la china, que es una mujer que a todas luces lo inquieta, porque desde que Lucía había regresado de Europa no había vuelto a entusiasmarse con su *show, ni con ella como persona, a pesar de lo que hemos pasado juntos y de que es mi paisana.* Luego teoriza sobre Fen, la idealiza, calcula que en otras circunstancias hubiera podido *hacer vida íntima con ella.* ¿Qué circunstancias eran esas?, ¿su relación, cada vez más distante y nunca suficientemente clarificada, con Lizbeth Gabarró? Más bien me parece que Cristino tenía ya su plan escrupulosamente trazado, y que eso convertía cualquier otra circunstancia en un estorbo. Parece que el detalle con que escribió su última bitácora se debe a que ya había decidido abandonar sus memorias, que acaban precisamente cuando aparecen los chikuapawa; calculaba que si dejaba el material suficiente podía darse el caso de que alguien se interesara en completar su historia, en escribirla pues lo que iba dejando en realidad eran retazos, una cauda de fragmentos de diversos tamaños a la que alguien tendría que darle una estructura y un sentido. Quizá, después de esas noches de escritura febril en su alcoba, a la luz de la lámpara, se había dado cuenta de que no tenía paciencia para escribir; no se puede pasar por alto que era un hombre de acción y que seguramente prefería hacer, antes que escribir lo que hacía. En la bitácora lo cuenta todo, sabía que no podría tener el control de esa historia que un hipotético escritor narraría en el futuro, sabía que no tendría la oportunidad de adecuar, hermosear e incluso falsear la realidad a su favor, pero supongo que al final se habrá impuesto su vena práctica y que habrá terminado por pensar que, dadas las circunstancias, lo fundamental era trascender, que su fabulosa historia no se perdiera en el tiempo; se trataba, pues, de una decisión empresarial.

Pero estábamos en que el tren había llegado a la estación de Winnemucca el 24 de enero de 1890. Era un día helado y en lo que habilitaban el fumadero y bajaban los caballos de la *menagerie*, uno de los hombres de Ly-Yu fue a alimentar las estufas para subir la temperatura en el interior del tren. Fen había ido a quejarse de que la vedet tenía frío y los gemelos Cambialegge no se movían de los vagones de los chinos, querían estar cerca del calor de los fogones donde hervían las ollas y los matraces. Cristino llegó una hora más tarde a caballo, se había deshecho del *buggy* en Elko porque, de acuerdo con la explicación lacónica que escribe, *era un estorbo que ya no necesitaba*. Como era su costumbre, se empeñó en salir esa misma noche a distribuir la droga en los pueblos aledaños, dijo que se echaría a dormir media hora en el fumadero y que después de comer algo saldría rumbo a Deer Bridge, recorrería las veinte millas que había hasta aquel caserío porque, argumentó, su clientela estaría esperándolo desde hacía días en la cantina. Ly-Yu había oído que habría una tormenta de nieve y trató de disuadirlo, pero su amigo no le hizo ningún caso, fueron los chikuapawa los que lograron hacerlo dormir esa noche en el tren, olían la tormenta y se negaban a emprender la cabalgata en esas condiciones.

El 25 de enero de 1990, muy temprano, con el primer resplandor del sol, Cristino y sus chikuapawa salieron cabalgando rumbo a Deer Bridge. La tormenta había pasado y había dejado un frío glacial y un espeso manto de nieve que les complicó el camino. En Deer Bridge no había oposición, era un pueblo de hombres que trabajaban en la construcción de las vías del tren, no había pastor ni esposas ni hijos, había casuchas de obreros y una cantina donde alternaban músicos y prostitutas. Sentado en una mesa con sus acompañantes, después de haber surtido a toda la plantilla de trabajadores ferroviarios, Cristino reconoció a uno de los enanos que había vendido en otra ciudad y que ahora se paseaba entre las mesas pidiendo dinero para los músicos, que tocaban una pieza desmañada con un piano, un banjo y un violín. El enano se le quedó mirando fijamente, había trabajado años bajo sus órdenes, habían recorrido varias veces el país durante la prolongada decadencia del *freak show*, pero fue incapaz de reconocer a su antiguo patrón, no consiguió ver a Cristino en ese hombre que le había puesto dos billetes en el sombrero. *Willy, uno de mis enanos de batalla, no me reconoció en la cantina de Deer Bridge*, escribe Lobatón y no añade ningún tipo de conclusión o análisis, no añade nada, pasa a otro tema, parece que el hecho de que su antiguo empleado, que había trabajado con él no hacía mucho, no lo reconociera, no tenía ninguna importancia. Al medio día regresaron a Winnemucca. Ly-Yu sugirió que siguieran avanzado para ver si en Reno hacía menos frío y había menos ventisca, porque con esa temperatura, varios grados bajo cero según apunta Lobatón, no rendían los fogones y los matraces trabajaban por debajo de su capacidad, y en esas condiciones no iban a poder completar el alijo de San Francisco. Lobatón ordenó salir rumbo a Reno inmediatamente, ayudó a subir a los caballos a la *menagerie* y sacó personalmente a los caballeros que se solazaban en el fumadero, siete pobres diablos con la mirada perdida, una manta en los hombros y la nieve hasta los tobillos que miraban, entre la ira y la melancolía, cómo se iba su vagón con sus camastros, y con esas flores chinas por las que suspirarían hasta que tuvieran a bien regresar a Winnemucca.

Lobatón cabalgó detrás del tren rumbo a Reno, sus chikuapawa ya le habían advertido que vendría otra tormenta todavía mayor pero él iba concentrado en figurarse una estrategia para evitar que el frío perjudicara la producción de los chinos, y mientras se la figuraba iba sintiendo en la cara el golpeteo de los gruesos copos de nieve. En toda su historia a bordo de ese tren, recorriendo el país de un lado a otro en todas las estaciones del año, nunca habían tenido ese problema. Ly-Yu sostenía que el aumento de la producción complicaba las maniobras, que el espacio del tren se había quedado pequeño, que lo suyo quizá era un galerón, una fábrica en forma, una planta productora cimentada en la tierra, estática, donde los imprevistos pudieran controlarse con más facilidad.

El tren paró en la estación en la madrugada del 26 de enero de 1890, y antes de que los chinos pudieran bajar a los caballos de la *menagerie*, y antes de que las flores chinas pusieran en funcionamiento el fumadero, las sábanas de los camastros, las pipas, las primorosas lamparitas de porcelana oriental, antes de que nadie pudiera hacer nada, se arrimó al tren un hermoso carruaje, con dos hombres muy elegantes y un poco siniestros que esperaron al pie del vehículo en lo que una mujer se acercaba al maquinista, a preguntar por los gemelos Cambialegge.

Lobatón y sus chikuapawa llegaron unos minutos más tarde, cuando Giacomo y Giovanni Battista bajaban del tren, auxiliados por la mujer, y por un chino que les cargaba las maletas. Cristino prefirió verlo todo de lejos, desde la punta de una loma; la venta de sus penúltimos artistas, que había cerrado él personalmente días atrás, era un asunto zanjado con el que ya no quería tener contacto; esperó a que los gemelos treparan penosamente al carruaje, ayudados por el chino que les llevaba las maletas, y después cabalgó cuesta abajo para contarle a Ly-Yu la estrategia que se había figurado para salir del paso. Los chikuapawa olían la tormenta y cruzar la sierra con ese clima iba a complicar todavía más la producción, así que la expedición tenía que dividirse, los chinos permanecían en la estación de Reno trabajando en el tren, y él se iba con la otra máquina, con su vieja alcoba, un vagón y un *caboose* a cruzar las montañas para que la vedet llegara a tiempo a San Francisco.

El 27 de enero de 1890 partieron rumbo a la sierra en medio de la tormenta. Ly-Yu se quedó en la estación esperando a que mejorara el tiempo, recalentó con estufas los vagones donde se cocinaba el opio y abrió el fumadero para los clientes del pueblo que, a pesar de la tormenta, se acercaban discretamente a la estación, escondiéndose de sus mujeres, de sus amigos puritanos, de cualquiera que viera un abismo en esa droga que vendían los chinos. A las mujeres y a los pastores que protestaban ante los jinetes que aparecían cíclicamente en los pueblos, o frente al fumadero que abría sus puertas en la estación, empezaban a sumarse artículos en la prensa que cuestionaban la ligereza con que circulaba la droga china, y también declaraciones de políticos y alcaldes que exigían medidas para controlar ese mercado. Pero lo que pasó ese 27 de enero, cuando Lobatón ya cabalgaba detrás del tren de Lucía rumbo a la sierra, no había pasado nunca. Un grupo de hombres, encabezados por el pastor de la iglesia presbiteriana, irrumpieron en el andén y se metieron por la fuerza en el fumadero para reprender a sus vecinos, que yacían medio perdidos en los camastros. El pastor sacudía los cuerpos, trataba de hacerlos reaccionar, les hablaba de sus mujeres y de sus hijos, los asustaba con la ruina social que, de persistir en ese vicio, les esperaba, mientras las flores chinas miraban sin saber qué hacer, arrinconadas y atemorizadas por la media docena de hombres que acompañaban al pastor y que les veían con descaro las piernas desnudas, el cuello, la abertura que dejaba el batín a la altura de los pechos. El pastor iba de un camastro a otro despertando a esos pobres hombres de su ensueño y lo hacía gritando con tal volumen que un minuto más tarde ya estaban en el vagón esos chinos enormes que cuidaban el tren, y que no necesitaron decir nada ni ejecutar ninguna acción para que el pastor y sus seguidores bajaran dócilmente al andén, pero eso sí, amenazando a diestra y siniestra, prometiendo acciones legales, artículos explosivos en la prensa y remedios más expeditos como quemarles el tren. No volvió a pasar nada en Reno, los clientes a los que el pastor había sacudido regresaron a su

251

ensueño y la mayoría regresaría al vagón durante los días en que estuvo el tren ahí. No volvió a pasar nada, pero Ly-Yu sabía que había empezado a pasar algo muy grave y que, a partir de entonces, tendrían que ir virando poco a poco hacia la clandestinidad.

Mientras Ly-Yu recibía las amenazas del pastor y su rebaño en la estación de Reno, el tren de la vedet mexicana subía la sierra en medio de una espesa nevada, cruzada por unas impetuosas ráfagas que hacían vibrar los cristales del vagón. Lucía viajaba metida en la cama, con las mantas hasta la barbilla, porque dentro del tren, a pesar de las precauciones que habían tomado, bajaba constantemente la temperatura. Fen iba acurrucada junto a ella, estaba ahí para ayudarla con cualquier cosa que necesitara, era su asistente personal y la responsable de que llegara sana y salva a Sacramento, en donde las estaría esperando Lobatón para subirse al tren con ellas y hacer juntos el trayecto hasta San Francisco. En ese tren también viajaban Fermín y Tomasa, dos guardias cantoneses, un cocinero y el maquinista. La enana había perdido la ilusión que tenía días atrás, iba muerta de frío y las condiciones en que avanzaba el tren, sacudido continuamente por las brutales ráfagas de viento, la atemorizaban hasta las lágrimas. Fen trataba de animarla enseñándole vestidos, poniendo nuevamente en fila sus zapatos, haciéndole ver, en un inglés precario que Lucía difícilmente comprendía, que en San Francisco la esperaba la gloria, que ya se habían agotado las entradas para tres *shows*, que no había más que cruzar esa sierra infernal para llegar a Sacramento y después a la ciudad donde la esperaban la fama y la fortuna. Pero las ráfagas que golpeaban cada vez con más fuerza el vagón contradecían el optimismo de Fen.

Nada se sabe de lo que hicieron Tomasa y Fermín durante ese viaje, porque al final los únicos que declararon, que declararon algo inteligible quiero decir, fueron Fen, con su precario inglés, y el maquinista, que dijo dos o tres generalidades para no meterse en líos. Nada se sabe de lo que hacían Tomasa y Fermín durante ese último viaje en tren, pero sí se sabe, y está perfectamente documentado, lo que hicieron después de la tragedia.

Se sabe que metieron el cuerpo de la diva en un ataúd pequeño, hecho rápidamente y a medida por un carpintero que la había visto actuar, años atrás, en el teatro de Barnum y que había quedado profundamente conmovido con la noticia de su muerte. Se sabe que con la anuencia del jefe de la policía de Sacramento, que también había visto el *show* de la diva, emprendieron el camino a México, en un coche que, para paliar un poco la tragedia que azotaba a la familia Zárate, les puso el alcalde de la ciudad. Se sabe que Fermín y Tomasa recorrieron con el cochero las quinientas y tantas millas que había hasta la frontera y que, por recomendación de otro admirador de la enanita, cubrieron su cuerpo de hielo. El mismo admirador llevó un enorme trozo en una carretilla, que cortó ahí mismo con una segueta y, ante el pasmo de Tomasa y Fermín, y de todos los dolientes que se habían congregado, fue colocando pedazos amorosamente hasta que completó un óvalo alrededor del cadáver y después esparció trozos más pequeños encima de todo el cuerpo con la excepción del rostro, que cercado por el manto helado adquirió una siniestra dignidad. La intención de Fermín y Tomasa no era llegar hasta El Agostadero en el coche que les había prestado el alcalde, querían cruzar la frontera para enterrar el cuerpo en México. Se sabe que tiempo después, quizá un lustro, los Zárate compraron una enorme hacienda en Veracruz, que había pertenecido al presidente Antonio López de Santa Anna, con el dinero que durante casi catorce años de esfuerzo escénico ganó su hija. También se sabe que los otros hijos de Tomasa y Fermín, esos que vivían con ellos en El Agostadero cuando Lucía y su gemelo eran pequeños, vivieron del dinero que dejó la diva, y que también lo hicieron los hijos y los nietos de estos hijos, y que el último descendiente, además de haber reinvertido con éxito el dinero que quedaba de la herencia, se envolvió en la mitología de su tía bisabuela para convertirse, apoyado por el Partido Revolucionario Institucional, en el nuevo alcalde de El Agostadero. En el destino de ese sobrino bisnieto hay una irónica asimetría, esa alcaldía que alguna vez había sido para Cristino Lobatón terminaba, gracias al dinero que su trabajo de *manager* había producido, en manos de un descendiente de su enanita del alma. También se sabe que por los pueblos de California que iba pasando el coche, la gente se acercaba a ver el cuerpo de la diva que aguantó, gracias a que el invierno en ese año fue inusualmente frío, trescientos kilómetros envuelto en ese desconcertante manto de hielo. La gente se acercaba a ver a esa mujer cuyas fotografías habían mirado y remirado muchas veces en las revistas y en los periódicos, fotografías en las que aparecía triunfando en Filadelfia, en Nueva York, en San Francisco y en Europa. Se sabe que llegando a la frontera, a la entrada de la novísima ciudad de Tijuana, una banda militar tocó el himno nacional mexicano y que un pelotón de artilleros brindó una ráfaga de tiros al aire en memoria de la famosa diva y en recuerdo de su gloriosa trayectoria artística. Y esto se sabe por una noticia que publicó el *San Diego Herald*, no exactamente sobre el tumultuoso paso del cuerpo de la diva rumbo a su país, sino sobre los tiros al aire que como homenaje disparó aquel pelotón, y específicamente sobre una de esas balas perdidas que golpeó en la cabeza al general Arnulfo Rivaseca, jefe militar de la zona noroeste, que atendía respetuosamente la ceremonia y que cayó fulminado en el acto, causando un gran revuelo en toda la región. Se sabe que los restos de la diva están enterrados en la hacienda de Veracruz, y también se sabe que antes de emprender el largo viaje de regreso Fermín y Tomasa, asesorados por un agente inmobiliario de Tijuana, compraron un rancho en Rosarito donde enterraron por primera vez a la enana, y que fue hasta años después que regresaron, con los restos debidamente exhumados, a El Agostadero.

Pero estábamos en el tren, en la tarde de ese 27 de enero de 1890, con Lucía todavía metida bajo las mantas de su cama, tiritando de frío, y con Fen acurrucada junto a ella tratando de animarla, intentando hacerle ver la fortuna que la esperaba al llegar a San Francisco, como si la enana no hubiera conocido ya en todos esos años una fortuna desmesurada, enloquecida, fuera de toda proporción. El tren avanzaba con una lentitud exasperante y en algún momento el maquinista advirtió a Fen, que en la magra constelación que constituía el pasaje era quien parecía más importante, que llegarían tarde a Sacramento, que a esa velocidad sería imposible llegar en el horario acordado. Al lado de las vías empezaba a formarse un túmulo de nieve que en ciertos tramos llegaba a la altura de las ventanillas.

Cristino Lobatón y los chikuapawa iban por otra ruta, cortaban camino por un cañón, un estrecho pasadizo asfixiado por dos paredes altísimas de piedra, que terminaban en una abertura por la que se veía el claror del cielo, el cielo pálido de la tarde velado por la tormenta de nieve. Más de tres horas tardaron en recorrer el cañón, que a veces tenía interrumpido el cauce por un tronco, por una piedra, por un derrumbe que los obligaba a descabalgar y a pasar pegados a la pared tirando de los caballos. Al salir del otro lado comprobaron que la tormenta había arreciado y tuvieron que volver a descabalgar y ponerse las raquetas de nieve para empezar a caminar sin hundirse, tirando de los animales, soportando una ventisca atroz y preñada de hielo que les golpeaba en la cara, a ellos y a los caballos. En medio de la borrasca trataron de orientarse para avanzar hacia Sacramento, pero cada tres pasos los caballos se hundían hasta la barriga y en el horizonte solo había blanco, no había líneas, ni contornos, ni un punto hacia al cual dirigirse, había un viento que aullaba entre las rocas y que se arremolinaba en los escondrijos. Pronto llegaron a la conclusión de que en esas condiciones sería imposible seguir hasta Sacramento, tenían que parar, estaban reventados, ellos y los caballos, el frío arreciaba y refugiarse era lo único que parecía sensato. Se metieron en una hondonada que había en la pared de la montaña, un hueco de cierta profundidad en el que podían resguardarse mientras pasaba la tormenta y encender un fuego, entrar en calor, secarse la ropa. Cristino había calculado antes de salir de Reno que, con todo y la tormenta, en ocho o diez horas podían recorrer las ciento veinte millas que había hasta Sacramento, pero empezaba a oscurecer y no habían recorrido todavía ni la mitad del camino. El viento que soplaba fuera del hueco levantaba remolinos de nieve y de vez en cuando un arbusto o una rama se estrellaban ruidosamente contra las piedras. Pasaron ahí la noche todos hacinados, ellos y los caballos, alrededor del fuego y cuando la oscuridad empezaba a quebrarse y estaba a punto de aparecer el primer rayo de sol, el viento dejó de soplar y la nieve que caía empezó a perder consistencia.

El 28 de enero de 1890, Cristino Lobatón y los indios chikuapawa abandonaron el hueco en el que se habían refugiado y reemprendieron el camino a Sacramento. Aunque iban con un retraso escandaloso, irremediable, el atajo que habían tomado por el cañón les había ahorrado subir una montaña, muchas horas de cabalgar y descabalgar y quién sabe qué otras calamidades. El hambre arreciaba, las ocho o diez horas que había calculado Lobatón de viaje ya eran más de veinte y en aquella inmensidad cubierta de nieve, de valles con nieve, de picos y hondonadas con nieve, no había más criaturas vivas que ellos y los caballos. Cuando llevaban más de dos horas cabalgando, uno de los indios mandó parar y señaló hacia adelante algo que se movía entre la nieve, no muy lejos, algo que no avanzaba sino que se revolvía como si estuviera retozando, tallándose el lomo contra la superficie helada, era un gato montés, un zorro, un perro salvaje, no podían verlo desde ahí pero calculaban que era más grande que una liebre, así que el indio desenfundó su rifle, bajó del caballo de un brinco atlético, se acercó sigilosamente hundiendo los zapatos en la nieve y cuando estuvo a una distancia razonable tiró del gatillo. La percusión de la bala hizo múltiples ecos en las paredes de las montañas, en las rocas y en los escondrijos, fue alejándose de eco en eco hasta que se perdió entre los árboles del bosque. El indio se acercó todavía apuntando con el arma al animal, miró la pieza que acababa de cazar y llamó a sus compañeros. Había liquidado a un gato montés mientras forcejeaba para comerse los intestinos de un perro salvaje; alrededor del perro había una mancha oscura, como un aura, y del hocico del gato montés escurría un hilo brillante de sangre que, al llegar suelo, era inmediatamente absorbido por la nieve. Cabalgaron unos kilómetros buscando un sitio para hacer un fuego, otro hueco en la montaña porque todavía caía algo de nieve, pero antes del hueco divisaron a lo lejos una columna de humo y el tejado de una casa. El anfitrión era un hombre que vivía solo, nos cuenta Cristino, los caballos comieron en el establo y ellos aceptaron el potaje y el vaso de whisky que les ofreció el hombre junto al fuego de la chimenea a cambio de la piel del gato montés y de un paquete de opio que añadió Lobatón, como un obsequio. El hombre aceptó la presa pero no el paquete, con los chinos no quiero nada, dijo, y después sugirió que cabalgaran dos millas hacia el sur, hasta encontrar las vías del tren, porque esa era la ruta más segura para llegar a Sacramento. Como la tormenta había parado mientras comían y no había visos de que fuera a empezar otra vez, decidieron reemprender el camino para llegar a Sacramento al anochecer, y encontrarse con Fen y con la vedet que ya debían estar ahí esperándolos. Pero Cristino se equivocaba, la misma tormenta que los había confinado, a ellos y a los caballos, en el hueco de la montaña, había hecho que el tren se detuviera a mitad de la sierra. Mientras ellos hacían un fuego y se secaban las ropas en el hueco, el tren subía trabajosamente, con la máquina forzada a un nivel nunca antes experimentado por el maquinista, "temí que fuera a explotar", declararía al día siguiente, muy enfático. Después de una curva, que la máquina atacó envuelta en una pestilente humareda negra, se toparon con una montaña de nieve maciza, una enorme pieza que había caído ahí con un alud y que les cerraba el camino. El tren frenó bruscamente y patinó unos metros, chirriando y sacando chispas, hasta que quedó con la trompa metida en el hielo. El maquinista bajó a hacer un análisis de la situación y detrás de él bajaron los cantoneses, dispuestos a erradicar la montaña a golpe de pala, pero la pieza de hielo que tenían enfrente era enorme, y además la tormenta que caía volvía imposible cualquier maniobra a la intemperie, así que regresaron los tres al tren, preocupados porque acababa de anochecer y tendrían que permanecer ahí hasta que amaneciera, y esperar a que al día siguiente amainara la tormenta. Lucía iba dormida cuando el tren se detuvo en seco. ¿Llegamos?, preguntó a Fen desde el fondo de la cama, con las mantas hasta la barbilla. La tempestad enfriaba el interior del tren a pesar de que las estufas ardían a toda su capacidad. Fen no entendía el español de la enana, pero era capaz de interpretar su gesto y su tono de voz, así que levantó las cortinas y por la ventanilla no vio nada más que nieve, nada que se pareciera a la periferia de una ciudad, y cuando iba a contarle a Lucía lo que había visto, de manera matizada para no atemorizarla, tocó el maquinista en la puerta de la alcoba, pidió permiso para entrar y explicó que el tren estaba encallado en un alud y que tendrían que esperar a que amaneciera para tomar una determinación, pedir ayuda en alguna casa, conseguir unos caballos para seguir hasta Sacramento por la montaña. La perspectiva de pasar la noche ahí preocupó a Fen, Lucía temblaba dramáticamente, ya no había más mantas para echarle encima y la estufa solo tenía combustible para unas cuantas horas. Todo esto lo contó Fen al día siguiente, a un reportero del diario *The Sun*, de San Francisco, que llegó a caballo hasta el sitio en donde había encallado el tren. El editor del periódico lo había enviado a hacerle un retrato a la vedet y a ver si podía obtener alguna declaración, de ella o de alguien de su entorno; quería una pieza fresca para publicarla en la edición de la tarde, antes del primer *show,* que era esa misma noche. El reportero había ido a buscarla al teatro y al enterarse de que no había llegado a San Francisco, y de que viajaba en un tren que había salido de Reno el día anterior, salió rumbo a Sacramento, cabalgando junto a las vías, calculaba que podría interceptarla en la estación y luego regresar a todo galope con el material, antes del mediodía, para publicarlo en la edición vespertina. En la estación de Sacramento le dijeron que el tren no había llegado y que, como se trataba de un convoy privado, no tenían ninguna información. El reportero no tenía más remedio que cumplir con su deber, era la estrella de *The Sun* y no podía regresar a San Francisco con las manos vacías, así que fue siguiendo las vías, cabalgando hasta que llegó al sitio en donde el tren se había detenido contra el alud. Ya era tarde para la edición vespertina, ya era de noche cuando encontró el tren, su nota no llegaría a tiempo, pero esa máquina con la trompa metida en el hielo, y la forma en que lo miró el maquinista, el desconsuelo de la china que apoyaba la cara contra el cristal, una silla de montar tirada más allá del *caboose*, abandonada en medio de la nieve y el halo espectral que lo envolvía todo, lo hizo pensar que estaba ante una noticia muy importante, mucho más importante que la pieza que le había pedido el editor, y que ya no tendría posibilidad de hacer. Lo que contó Fen a aquel periodista, y que salió publicado al día siguiente, el 29 de enero de 1890, difiere de lo que cuenta Cristino en esa última bitácora que, a medida que pasan las páginas, se vuelve más y más prolija, prolija al borde de la obsesión, precisamente porque trataba de contrarrestar lo que había declarado Fen, que no solo difería de su versión, también podía meterlo en un lío con la justicia.

Cuando sospeché que la narrativa torrencial de Lobatón, en esa última bitácora, no obedecía tanto a la ambición de pasar a la posteridad, de dar cuenta de su extraordinaria aventura, como al intento de salvarse de un lío con la policía, sufrí una especie de decepción. El proyecto de dejar escritas sus memorias, o de dejarlas esbozadas en las notas de sus bitácoras, era su vehículo de salvación, el testimonio que podía salvarlo de la cárcel, y no tanto el afán de dejar su historia escrita para la posteridad que yo me empeñaba en ver. Ese descubrimiento, que me decepcionó, también me aclaró muchas cosas. Cristino Lobatón desapareció ese mismo día, el 28 de enero de 1890, y nadie lo volvió a ver después, pero el sello postal del envío que llegó a la biblioteca de la Universidad de Filadelfia está fechado diez meses más tarde, en noviembre de 1890, en Omaha. El envío era ese paquete dirigido al doctor Cosgrove, del que ya se ha hablado en otra página, en el que iban las memorias, las bitácoras, un mazo de correspondencia y documentación variada y las fotografías que hizo Lizbeth Gabarró con su nueva Kodak, todo el material del que he dispuesto para completar su tumultuosa biografía.

En esos diez meses que hay de finales de enero a noviembre, Cristino pudo sentarse tranquilamente a retocar sus bitácoras, cuando menos la más prolija de todas, o a completarlas, o a rehacerlas, pero no a inventarlas porque están llenas de datos comprobables, contienen nombres propios, nombres de ciudades, episodios que consignaron en su tiempo los periódicos, y sobre todo una rigurosa contabilidad, un río de números que discurre por las treinta y cinco libretas con una lógica impecable, con una exactitud que indica que las cuentas son de verdad. Por supuesto que alguien podría falsear las cuentas, inventar un discurso matemático que pareciera veraz, pero no Cristino, que era un hombre de acción que no tenía paciencia ni para terminar sus memorias. Esos diez meses coinciden, más o menos, con el tiempo que duró el escándalo de las declaraciones que hizo Fen al reportero de *The Sun*. Cristino desapareció y, donde quiera que haya estado, tuvo tiempo de sentarse a escribir su versión de los hechos que, al prescribir el escándalo, se quedó sin efecto práctico, se reconvirtió en un testimonio histórico, ¿literario?, destinado a una biblioteca universitaria.

El día que desapareció Lobatón, Ly-Yu pasó automáticamente a la clandestinidad. Cristino era la cara del negocio, un hombre de aspecto occidental, con todo y su porcentaje totonaca, que negociaba directamente con la clientela, y en cuanto dejó de hacerlo Ly-Yu pasó a ser, a los ojos de la sociedad, otro más de los chinos mafiosos que ponían en peligro la estabilidad del país. El tren del opio se quedó en Reno, originalmente esperando a que pasara la tormenta para poder cruzar la sierra y llegar a San Francisco, pero en cuanto desapareció Lobatón cambiaron los planes, el tren permaneció estacionado ahí, sometido a un largo proceso de desmantelamiento, los obreros y el instrumental fueron trasladados inmediatamente, pero el fumadero siguió operando un tiempo en la estación, siguió recibiendo clientes que, a pesar de la creciente mala fama de los chinos, seguían acudiendo a tirarse en los camastros, a recibir las atenciones de las preciosas señoritas chinas, a gozar de la penumbra que procuraban las lamparitas orientales y del sosiego inenarrable que los inundaba desde la primera bocanada. Las mujeres de aquellos hombres que fumaban en el vagón terminaron echando aquel negocio de Reno, las flores chinas, con sus batines y sus muslos al aire, les producían unos celos enfermizos que las llevaban a plantarse con pancartas fuera del vagón, con ingenuas consignas por escrito, *Whores out!*, ¡putas fuera!, y también las llevaban a insultar a las pobres chinitas, y a perseguirlas cuando bajaban del tren a hacer la compra o a tomar el aire. Las mujeres de Reno no cejaron hasta que echaron a esas otras mujeres de la ciudad, pensaban que sus maridos entraban al vagón buscando una aventura, un encuentro sexual con esas mujeres que les enseñaban los muslos, los pies, parte de los pechos por la abertura del batín, regiones del cuerpo que esos hombres nunca habían visto en ellas porque los recibían con la luz apagada, debajo las sábanas y metidas en un camisón abotonado hasta la barbilla. Pero esos hombres no estaban interesados en el sexo de las chinas, la realidad era más perversa de lo que aquellas esposas eran capaces de imaginar, las chinas acabarían yéndose pero el opio ya había echado raíces y, a partir de entonces, muchos de esos hombres seguirían fumándolo a escondidas, sosteniendo una economía paralela que les permitiera abastecerse, llevando una doble vida incompatible con el trabajo y la familia y muchos de ellos terminarían expulsados de sus empleos y de sus casas, deambulando por las calles de Reno, de Kelton, de Bitter Creek, de Winnemucca, de Utica, de Cheyenne, por los caminos vecinales, por los bosques, y fue aquella parvada de almas en pena que se reproducía en los pueblos donde tenía su clientela Lobatón la que orillaría más tarde a las autoridades a prohibir la producción y el tráfico de la droga china.

El instrumental de producción que había en el tren pasó a un laboratorio cerca de Elko, un galerón en el que siguieron produciendo durante un tiempo y más tarde, cuando la policía empezó a seguirles la pista, fueron montando laboratorios clandestinos en distintos puntos del país, cada vez más lejos de las ciudades, en zonas recónditas, en laboratorios remotos de donde seguían saliendo los jinetes con sus alijos y más tarde, ya entrado el siglo XX, los vehículos con motor. En cuanto Lobatón desapareció, el tráfico de opio se convirtió en un negocio de la mafia china y en la nota policiaca de aquellos años, y de principios del siglo XX, hay varios artículos dedicados a Ly-Yu, *the yellow privateer*, el corsario amarillo, como lo llamaba la prensa, que era un empresario mafioso, un narcotraficante en toda regla al que la policía nunca podía echarle el guante. Hay artículos en los que se cuenta cómo la policía desmanteló un laboratorio o confiscó un camión cargado de opio en un camino rural, e incluso hay notas sobre la aprehensión de Feng-Xai, "la mano derecha de *the yellow privateer*". La última vez que apareció Ly-Yu en la prensa fue en abril de 1930, en el obituario que le dedicó el diario *El Informador* de Veracruz, en donde dice que "el importante empresario chino-mexicano" murió en su mansión de Boca del Río, a los ochenta años de edad, "de muerte natural". Por lo que se cuenta en el obituario, que ocupa toda una plana del periódico, hacía cinco años que Ly-Yu había regresado de Estados Unidos, y no se hace en todo el texto ninguna mención al tipo de empresa con la que se había hecho rico, ni al significativo apodo, *the yellow privateer*, que le puso la prensa estadounidense.

La desaparición de Cristino Lobatón, el 28 de enero de 1890 tuvo que ver con su miedo a ir a la cárcel por su supuesta culpabilidad en el caso de la muerte de Lucía Zárate, pero también a que el negocio del opio tenía los días contados, los signos de su descomposición eran muy evidentes y cada vez más abundantes. La atracción que sentía Cristino por el pueblo chikuapawa fue el otro elemento que lo animó a desaparecer, o mejor dicho, fue el elemento definitivo, si es que aceptamos que no todo el que necesita desaparecer por una temporada se va a vivir con los indios por el resto de sus días. También hay que añadir su creciente hartazgo porque al parecer todo, excepto su incursión cada vez más profunda en la vida y en la cosmogonía chikuapawa, había dejado de interesarle; decir que Cristino Lobatón desapareció quizá sea una inexactitud, lo que hizo fue integrarse a esa vida que el doctor Timothée Deschamps identificaba como el cuerpo eléctrico. De ese tramo final no he podido, naturalmente, hallar datos, se trata de uno de esos episodios incomprobables, de esa zona oscura que tiene la vida de cualquier persona y que es parte indisociable de su historia. Me parece, de hecho, que es precisamente esa parte incomprobable la que hace que las historias sean veraces, así como la luz, para ser veraz, necesita de la oscuridad. En todo caso, Cristino era un hombre lleno de contradicciones, era mexicano y francés, occidental y totonaca, cosmopolita y pueblerino, dueño de un tren y detractor de las máquinas, capitalista salvaje y, al mismo tiempo, refractario a los usos y los rituales del capitalismo, paradigma de la modernidad y miembro de una tribu anclada en el pasado; digamos que eran precisamente sus contradicciones la electricidad que lo ponía en movimiento.

Pero estábamos en que aquel 28 de enero de 1890, cuando Cristino y los dos indios chikuapawa salieron de aquella casa solitaria donde les habían dado de comer, a ellos y a los caballos, con rumbo a las vías del tren que los llevarían a Sacramento. Eran las primeras horas de la tarde, el cielo estaba cubierto de nubes, hacía un frío intenso pero no parecía que fuera a regresar la tormenta. *Los chikua-pawa no olían la tormenta, así que no habría tormenta*, apunta Lobatón esta fórmula repetitiva en la bitácora, escrita con aparente torpeza, pero llena de sentido si se contrasta con la declaración que hizo Fen al periodista de San Francisco: "El empresario apareció en medio de la tormenta". ¿Qué tormenta?, si los chikuapawa no la olían es que no la había. Esa tarde de frío intenso ya podía cabalgarse por la montaña, la nieve se había endurecido y la comida que les había dado el hombre, a ellos y a los caballos, hicieron que Lobatón emprendiera el camino con optimismo, en unas cuantas horas estarían en Sacramento y de ahí a San Francisco no había más que un trayecto corto en tren, y era todavía probable que pudieran cumplir con la fecha de esa noche, con el último episodio de su carrera de empresario del *show bussines*. Esto pensaba Lobatón mientras cabalgaba con los chikuapawa siguiendo el trazo de las vías del tren, hacía un frío de perros, ya lo he dicho, y una ventisca ligera pero insistente lo hacía tiritar. Los chikuapawa, que no llevaban ni la mitad del abrigo que llevaba él, no parecía que lo sintieran, y en cambio él iba fumando un puro tras otro con la ilusión de que el calor del humo que le entraba por la boca se le distribuyera en el interior del cuerpo. La ligereza con que cabalgaban sus colegas, montados casi a pelo en sus caballos, lo hizo pensar nuevamente en la silla que usaba él para montar, era un armatoste que le impedía ir en contacto con el animal, un pesado artilugio impropio de quién pretendía ser parte de un pueblo portátil, en cambio sus colegas, sus hermanos chikuapawa, eran uno con su animal, iban pegados a él como si fueran un solo cuerpo, compartían la respiración, el calor, los movimientos, el trote y el tranco del caballo, montaban sin silla y sin estribos, y cuando estaba pensando esto Lobatón recordó la expresión "perder los estribos", y soltó una carcajada que hizo eco abajo en el valle.

Los chikuapawa no pensaban entrar a la ciudad, así se lo habían dicho a Cristino y ya habían definido un punto en la sierra para encontrarse cuatro días más tarde, ya que Lucía hubiera terminado sus presentaciones y emprendiera el camino de regreso a Nueva York. Todo parecía en orden hasta que Cristino vio, a lo lejos, un tren detenido en una curva de la vía, frente a una montaña de nieve, y a medida que se fueron acercando y tuvieron una mejor perspectiva, vio que era un tren corto como el suyo, con una máquina y una alcoba y un vagón y un *caboose* como el suyo. Aquello liquidaba de golpe el plan, no podrían llegar a San Francisco a tiempo, y mientras más se acercaba, con más claridad comprendía que no sería fácil salir de ahí, que habría que esperar a que esa montaña de nieve perdiera consistencia, a que saliera el sol y obrara el milagro, y ese milagro podía tardar días, semanas quizá. Cuando bajaban la pendiente hacia las vías vieron que afuera del tren estaban los dos guardias cantoneses, mirándolos desde lejos a ellos y a los caballos, mirándolo todo con mucha displicencia, como si estuvieran simplemente aburridos de la vida y no atrapados en la nieve a mitad de la montaña. A Lobatón no le gustó nada verlos ahí, había tenido la esperanza de encontrar el tren desierto, de que el empresario de San Francisco hubiera ido a rescatarlos para que la enana pudiera cumplir con su compromiso. No le gustó nada que hubiera gente en ese tren porque eso lo obligaba a ser él quien llevara a la vedet y aquello desde luego ya no estaba dentro de sus planes. Nada podía molestarle más en ese momento que estar obligado a hacerse cargo de esa mujer con la que ya no quería tener ninguna relación. ¿Y sus padres?, seguramente rumiaba Lobatón aunque ya no lo apuntara en su bitácora por razones obvias, porque cualquier animadversión contra la enana y su entorno que quedara por escrito podía comprometerlo si se piensa en lo que al final pasó. No es difícil imaginar el fastidio que la situación le producía, no tenían más transporte que sus caballos y no había forma de montar en ellos a todos los pasajeros del tren. ¿Llevaban solo a Lucía?, ¿qué hacían con Fermín y Tomasa?, ¿con Fen?, ¿con el resto del personal? Ir a pedir ayuda al pueblo más próximo era una opción, pensaba seguramente Cristino, pero de la enana tenía que hacerse cargo inmediatamente, tenía que llevarla a cumplir con su compromiso y llevar también a Fen para que la atendiera.

En nada de esto piensa Lobatón por escrito, como digo, pero es seguro que iba pensándolo; en cambio nos hace una aséptica narración de cómo se acerca al tren y de cómo llega hasta donde están los cantoneses y baja de un brinco del caballo, *a una nieve guanga en la que se me enterraron las botas.*

Denle de beber a los animales, ordenó Lobatón a esos chinos enormes que, en cuanto lo reconocieron, cambiaron inmediatamente su actitud, aquel hombre que de lejos parecía un indio era el patrón, el dueño de todo, y ellos le vivían eternamente agradecidos porque los había sacado de la mafia cantonesa, una agrupación muy exigente en la que era difícil llegar a viejo con todas las partes del cuerpo en su sitio. Cristino les había dado ese trabajo cómodo y gratificante en un país recién inventado y completamente distinto del suyo, de la vieja China donde todo era milenario. Los cantoneses eran capaces de dar su vida por Cristino y eso explica por qué en las bitácoras no aparece ningún asalto a ese tren que era sin duda el objetivo perfecto, mucho más apetecible que el tren de pasajeros, o el de mercancías, o el que llevaba los sacos del correo. Seguramente los bandidos habían desistido luego de varias intentonas fracasadas, de varios golpes parados en seco por los enormes chinos cantoneses, que además de las armas de fuego de rigor manejaban el sable, las espadas cortas y los *nunchakus* y eran capaces de dejar muerta a una persona con un picotazo de *wushu* en medio de los ojos, detrás de la oreja izquierda o en los alrededores de la epiglotis. Después de unas cuantas intentonas frustradas los ladrones de tren deben haber corrido la voz, y en todo caso Lobatón no consigna esos incidentes, quizá gracias a la efectividad de los cantoneses ni los advertía, o a lo mejor sí, pero ¿para qué contar de esos asaltos que fracasaban una y otra vez, que no llegaban nunca a desembocar?

En cuanto los cantoneses se llevaron a beber a los caballos, Lobatón subió al tren, y la atmósfera helada y silenciosa que había dentro lo hizo presentir que sus planes iban a torcerse todavía más. Los chikuapawa se quedaron fuera, ocupando el lugar donde hasta hacía un momento estaban los guardias cantoneses. Al fondo del vagón vio a Fermín y Tomasa, acurrucados uno junto al otro, en una actitud inusual en esos dos que, aunque nunca se separaban, no dejaban ni un momento de profesarse un desprecio palmario. Más que acurrucados estaban abatidos, derrumbados uno encima del otro, quizá por efecto del frío intenso. Cristino avanzó por el vagón hacia su vieja alcoba y antes de llegar al final le salió al paso el maquinista, o más bien se levantó del banco en el que dormía, alertado por los pasos tan ruidosos que se aproximaban. El maquinista llevaba una manta sobre los hombros que sostenía con los dos puños a la altura del cuello, como si fuera una capa y temiera que se le cayera al suelo. ¿Por qué hace tanto frío aquí?, preguntó Lobatón. *Christ! It's you!* dijo el maquinista, sorprendido de que aquel hombre que él había tomado por un forajido era el mismo dueño del tren. Luego explicó que durante la noche había mantenido encendida la máquina para conservar caliente el interior del tren, y que al amanecer se habían quedado sin combustible. Algo más iba a contarle el maquinista, pero Lobatón lo impidió con un gesto, Fen acababa de salir de la alcoba también envuelta en una manta, porque había oído voces y pensaba que habían llegado a rescatarlas. Ya está usted aquí, dijo la china caminando hacia Lobatón, pensamos que no vendría nunca, añadió, en tono de reproche, con su inglés rudimentario. Cristino, según cuenta en su bitácora, la hizo a un lado y entró en la alcoba y lo que vio confirmó su presentimiento.

Unas horas más tarde, cuando ya Lobatón había desaparecido, Fen contó al periodista de San Francisco su versión de los hechos. Dijo, o mejor, declaró, porque más tarde la policía montaría el caso con esa entrevista de periódico, que en cuanto había oído voces en el vagón, le había dicho a Lucía que por fin habían llegado a rescatarlas, y que pronto estarían en San Francisco. La vedet, según la declaración de Fen, estaba "desganada pero no moribunda", tenía frío permanentemente y se "sentía debilitada porque no había comido", dijo ella en ese inglés rudimentario, que después seguramente retocó el periodista, y que desde luego era insuficiente para declarar sobre un asunto de semejante gravedad. Fen cuenta que salió a ver quién había llegado, como efectivamente consigna Lobatón, y que antes de salir Lucía le sonreía "esperanzada" desde su cama. Después declara, como también escribió Cristino, que el empresario, al verla salir de la alcoba, se precipitó hacia ella, la hizo a un lado "de mala manera" y se metió "cerrando la puerta tras de sí". Fen se quedó fuera y consideró que el "empresario", como se refiere todo el tiempo a Cristino, tenía que hablar con la vedet sobre el *show* de San Francisco que estaban a punto de perder. El maquinista miraba todo desde el vagón, todavía estaba de pie pero en cuanto la vio a ella fuera y vio que su patrón desaparecía detrás de la puerta, regresó a su asiento, y Fen decidió hacerle compañía mientras el empresario resolvía la situación. Después Fen declara que durante veinte minutos, "más o menos", estuvo hablando con el maquinista, sobre diversos temas, sobre todo comentando la situación en la que se encontraban, atrapados en la nieve, a mitad de la sierra, "muriéndonos de frío desde que el combustible se había terminado". Más adelante declara Fen que después de veinte minutos, "aproximadamente", el empresario abrió la puerta de la alcoba, la cerró y bajó del tren por la puerta que tenía más a mano. El empresario salió tan rápidamente, declara Fen, que no le dio tiempo de preguntarle qué seguía a continuación, ¿venían a rescatarlas?, ¿él iba a sacarlas de ahí?, el caso es que pensó que el empresario había ido por algo que traería en las alforjas de su caballo, o a dar alguna instrucción a "los indios" o a los "cantoneses" y que en seguida volvería a hacerse cargo de la situación, "¿no es eso lo que hacen los empresarios?", se pregunta Fen, o quizá es el periodista el que dice que Fen se pregunta eso. Luego declara que siguió charlando con el maquinista mientras regresaba el empresario y también declara que no fue a la alcoba inmediatamente porque llevaba mucho tiempo encerrada ahí con la vedet y aquella conversación le "servía de esparcimiento". Más adelante declara que quince minutos después, "aproximadamente", consideró que el empresario ya estaba tardando mucho y que se asomó para averiguar qué sucedía. Al no ver ni al empresario ni a "los indios", preguntó a los cantoneses; "ya se fueron", declara Fen que dijo uno de ellos y que al oírlo corrió a la alcoba, abrió la puerta, se precipitó a la cama y vio a la vedet muerta, con los ojos muy abiertos, con una expresión en la que se leía con claridad que no le "había gustado lo último que vio", asevera Fen y después hace la declaración que movilizaría a la policía: "yo la había dejado viva cuando entró el empresario y la encontré muerta cuando regrese a la alcoba, no sé qué pensar".

Fen no sabía qué pensar, pero sabía perfectamente qué declarar, quería evitar desde el principio que alguien la culpara de la muerte de la famosa vedet mexicana. A la mañana siguiente, cuando, alertados por el reportero del *Sun*, llegaron dos policías, se encontraron con el cadáver de la vedet, con Fermín y con Tomasa, y con el cocinero y el maquinista tiritando de frío, pero no había rastro de Fen ni de los guardias cantoneses que, según la declaración de Fermín, "se habían desvanecido sin que ellos se dieran cuenta". Ahí se pierde la pista de Fen y se abre otra de las zonas oscuras de esta historia: si ella, como declaró en la entrevista, era inocente, ¿por qué huyó? Se me ocurren varias razones: porque era extranjera, porque se dedicaba a un negocio que no contaba con la simpatía de la sociedad, porque era más fácil, y hasta deseable, culpar a una pobre china de un crimen que a un rico empresario como Cristino Lobatón. Por estas razones pudo haber huido Fen, y puede que se haya refugiado en San Francisco, en el populoso barrio chino, o puede haber vuelto con Ly-Yu, o quizá, ya que estaba en la otra costa, puede haber regresado a China, no se sabe y da lo mismo porque lo que en realidad importaba entonces era saber si Fen de verdad era inocente. ¿De verdad había entrado y encontrado muerta a esa mujer que unos minutos antes le sonreía? La policía interrogó al maquinista, al cocinero, a los padres de la víctima, que después de tantos años seguían sin hablar inglés, y no sacó nada en claro, o nada más en claro que aquello que translucía en la entrevista de *The Sun*. Como Lucía Zárate era una celebridad, una figura pública, la policía tuvo que esforzarse para esclarecer el caso y ateniéndose a la única información que había, que era la publicada por el periódico, y al clamor popular que exigía justicia inmediata, consideró a Cristino Lobatón como el principal sospechoso, o cuando menos eso es lo que se colige de la lectura de las notas que de ese caso se publicaron en los periódicos de todo el país. La noticia era dinamita pura, la muerte de la vedet predilecta de Estados Unidos, que había sido mexicana, podía ser obra de su *manager*, otro mexicano, o de su asistente, que era china, y ante esa noticia que durante semanas ocupó la primera plana de los periódicos, la policía tenía que actuar, pero a la vez no podía hacerlo con mucha contundencia, porque la única pieza que tenían era la entrevista de la asistente china, que también era sospechosa, y las declaraciones del maquinista, que eran bastante parcas, o las del cocinero, que se había enterado de poco, o las de Fermín y Tomasa, que eran decididamente ininteligibles. Durante esas semanas la prensa puso en duda la honorabilidad de Cristino

276

Lobatón, se aprovechó para ventilar, y cuestionar, su negocio de distribuidor de opio, su relación cercana con los chinos, con "la mafia china" dicen literalmente las notas de periódico, y para confirmar que México, de donde era oriundo el empresario, era un país de salvajes.

Cristino Lobatón desapareció, nadie volvió a verlo ni, fuera de los documentos que envió por correo a la universidad, se volvió a saber nada de él. También es verdad que, de acuerdo con el seguimiento que puede hacerse por la prensa de la época, la pesquisa de la policía no parece que haya sido muy rigurosa, se habló del caso durante las primeras semanas y después se fue desvaneciendo hasta la última nota, que fue publicada en septiembre de 1890. Cuando el cuerpo de Lucía Zárate llegó a Sacramento un médico forense dictaminó que había muerto de hipotermia, su cuerpo tan frágil no había resistido esa larga noche de frío intenso en la sierra, pero Fen ya había declarado lo que había declarado, y Lobatón había desaparecido como lo hacen los que van huyendo de algo y, por otra parte, la información científica de la hipotermia no daba tanto juego ni vendía tantos periódicos como la especulación sobre un posible crimen. ¿Por qué Fen declaró lo que declaró? A partir de una línea que escribió Cristino en su bitácora, y que transcribí hace unas páginas, se sabe que había cierta tensión sexual entre los dos, al parecer nunca resuelta, que brota en un momento de la declaración de ella, una sentencia que parece dicha desde el despecho: "me hizo a un lado de mala manera", dice sobre el momento en que el empresario se encamina hacia la alcoba para ver a la enana. Pero esto, por supuesto, no es más que pura especulación, y quizá lo más razonable sea pensar que lo único que buscaba Fen era mantenerse lejos de la policía.

En la misma línea de la especulación, pero con mucho más elementos para acertar, se puede pensar que Cristino Lobatón se fue a vivir con los chikuapawa, que se integró en ese pueblo con el que sentía verdadera afinidad. Sería ingenuo pensar, aun cuando nada nos permita comprobarlo, que cortó todos sus lazos con los negocios que había fundado; era un empresario y seguramente siguió, desde su exilio en el bosque, participando en la sociedad que tenía con Ly-Yu, y también debe haber seguido de cerca los negocios que le llevaba Lizbeth Gabarró, a quién no es difícil imaginar escapando una vez al mes, en un carruaje veloz o en el tren, rumbo al pueblo de los chikuapawa, a rendirle cuentas al patrón, a llevarle dinero, a dormir en su tienda, a hacer lo que fuera que hicieran en esa misteriosa relación que para esas alturas llevaría más de una década.

Lo último que escribió Lobatón en su bitácora fue su encuentro con Lucía en el tren, que puede estar retocado pero a mí me parece que es verdad, hay algo en su relato de los hechos que me hace pensar que las cosas sucedieron así. Cuenta Cristino que entró en la alcoba, que cerró la puerta y que después de saludar a la vedet se sentó en la orilla de la cama. Cuenta que ella lo saludó lánguidamente, tanto que pensó que la enana no estaba bien, que tenía alguna enfermedad. Cuenta que la vio tan mal que pospuso el tema que tenía que comunicarle con urgencia, el proyecto de llevarla con Frank Orbison a Nueva York para que se reintegrara en su compañía porque él ya pensaba dedicarse a otra cosa. Cuenta que en lugar de decirle aquello le preguntó si se sentía bien, si se sentía con fuerza para ir a San Francisco y, si ese era el caso, le dijo que él mismo podía llevarla en su caballo. Cuenta que la enana se le quedó mirando como si estuviera muy lejos, *como si estuviera ya viéndome desde el otro lado*, escribe, y luego anota: *cerró los ojos para siempre y me dejó ahí solo*. Cuenta que sintió mucha pena, mucho alivio y un deseo creciente de desaparecer. *Y simplemente me fui*, esto es lo último que escribió Cristino Lobatón en su bitácora, y ya no cuenta que se bajó del tren sin hablar con nadie, sin dar ninguna explicación, ni cuenta que antes de montar le quitó la silla a su animal, ni que se fueron rumbo al oriente ellos y los caballos, ni que la tarde caía más allá de la montaña, roja, incandescente, como un incendio.

El cuerpo eléctrico de Jordi Soler
se terminó de imprimir en enero de 2017
en los talleres de
Litográfica Ingramex, S.A. de C.V.
Centeno 162-1, Col. Granjas Esmeralda, C.P. 09810,
Ciudad de México.